U0944857

萤窗小语

[美] 刘墉 著

北京联合出版公司
Beijing United Publishing Co.,Ltd.

对于风雨，逃避它，你只有被卷入洪流；
迎向它，你却可能获得新生。

话到七分，酒至微醺；笔墨疏宕，言辞婉约；
古朴残破，含蓄蕴藉，就是不完而美的最高境界。

人就这么一辈子，说来容易，想来却很深沉；
很幸运地拥有了它，不能白来这一遭！

一沙一世界，一花一天国。
人生无预演，时间难倒流。

修订版前言

从《萤窗小语》第一集出版到现在，已经整整十七年了。其间，虽然我由中学老师，到电视记者，再赴美讲学、留校任教，生活上有了许多变化，但是十七年后的今天，重新展读这本自己的处女作，仍然有着浓浓的亲切感，因为它把我带回过去的岁月，也重温了当年自己的理想；它是我二十六岁之前思想的集合，反映了一个初入社会的年轻人的抱负与冲力，虽然文笔不够洗练，但是其中跳跃的年轻活力，却深深激荡着今天的我。

十七年前的《萤窗小语》第一集，是在非常偶然的情况下出版的，当时那些短文只是我为自己主持的电视益智节目《分秒必争》写的开场白，由于朋友的怂恿，而试印了几千本。也正因为那些短文都曾于荧幕上播出，并是我在深夜的窗前写成，所以定名为《萤窗小语》。

没想到这小如萤火般的书，竟然深受读者的欢迎，一直再版到现在，连我自己都弄不清总共出了几十版，而最重要的是：它鼓舞我继续写作，使我立下写十本的心愿。十七年下来，《萤窗小语》出到了第七集，并续写成《点一盏心灯》《超越自己》和《创造自己》。虽然内容像阶梯丛书般逐渐增深，但是读者丝毫未减，尤其令我感动的是，许多当年第一集的小读者，现在已经成家立业，仍然继续爱护这本书。

如果说《萤窗小语》是成功的，或许由于它是一本年轻人写给年轻人看的书。记得我小时候曾经跟着母亲去探望一位病重的老人，老人对我说："何必那么勤苦地念书、工作呢？生命一下子就过去了！"她的话当时使我非常感动，那清癯的面孔，直到现在仍常常清晰地映入我的眼帘，但是经过我长时间的思索、反省，发觉她给我的，只是一个垂危老者的生命观，对她而言，诚然不错，却不能让一个孩子接受。同样的道理，我发觉，师长们经常以他们自己的"人生观"和"价值观"来灌输下一代，岂知年轻人是要有"年轻的"人生观的，所以今天重校《萤窗小语》，尽管其中有些想法与现在的已有差距，我仍好好地将它保存，因为它有着年轻的"精神"，适于青少年朋友阅读。

《萤窗小语》的修订，是我在多年前就决定要做的，一方面因为经过数十版的印刷，出现版面模糊的情况；一方面由于其中大部分文章是为节目开场白而写，碍于节目时间的限制，常有“未能尽言”的情况；此外，文句修辞有许多待改进的地方，也是不得不修订重编的原因。没想到原本认为两个月就能结束的工作，竟然斟酌损益、推敲修改，拖了一年多才完成，而今整个统计起来，居然四分之三的文章有了或多或少的改动，不合时宜的全部删除，四十多篇做了大幅度的增减，其中更有二十一篇经过完全改写，当然因为《萤窗小语》是阶梯式的书，所以即使全篇改动，我仍然保持其平易近人的风格。

在《萤窗小语》里，我曾说：“文章写完不要急着发表，而当收起来，隔一阵子再看。因为创作时太过主观，常难于自见，只有当心情冷静之后，才能看出其中的错误。”希望这本当年仓促发表、似嫌青涩的作品，经历十七年之后的重新检讨、修订，果真能够趋近于成熟蕴藉，供您品尝、回味。

目 录 Contents

在平凡的事物当中

常能发现

最深的哲理

手中的星星

有一位会看手相的朋友说："在生命中，每个人都有一颗星星指引他的方向，大部分人的星星在天上，他必须跟着星星走，让星星决定他的命运。而小部分的人，手掌上有一个星形的纹，那星星就握在他的掌中，由他自己去支配。"

但是我认为：即使我们手中没有那个星纹，也必须伸出毅力的手，把属于自己的那颗星星从天上摘下来，让自己决定自己的方向。

人无近忧，必有远虑

我们常说：“人无远虑，必有近忧。”其实也可以讲：“人无近忧，必有远虑。”在现实生活中满足而没有忧虑的人，并不一定快乐，因为他们总会想那遥远不可预期的未来。反而是那些生活在困境中的人，总忙着应付眼前的一切，倒也容易“知足常乐”。

拜伦说：“忙碌，就没有时间流泪了。”不就是这个道理吗？我们唯有在困苦中才能磨炼自己，唯有在困苦中才能不断获得突破困难后的快乐。

流年暗中偷换

许多蒙古人不说多少岁，只说“有了多少回”，意思是过了多少度春天。在北国，季节的变换特别鲜明，春天的萌发，夏天的繁荣，秋天的萧瑟，冬天的沉寂，各有各的风采。春去春回，也给人特别深刻的印象。而在台湾，四季的变换不太显明，尤其在繁忙中逝去，很难察觉，只有到月历撕去最后一张，才给人一种“又过了一回”的感伤。

宋词中说“流年暗中偷换”，真是描写得太传神了。时光的手，就是在偷偷地更换日子，偷换我们的黑发为白发、健壮为衰老、敏捷为迟缓，更偷换我们的生命为死亡，想到这些，我们怎能不时刻警醒、分秒必争呢？

尽在不言中

据说有一次释迦牟尼在大会上说“法”，拿着一朵花，面对众人，一句话也不讲，大家都不知道什么意思，只有迦叶会心地一笑，释迦就把“法”传给了迦叶。

这虽然只是有关禅的一段故事，但是在我们日常生活中，也往往有同样的情形。所谓“尽在不言中”，于心灵的沟通上，常有更完全的感应，问题是我们怎样在这个纷杂喧嚣的世界中，保持一颗敏锐的心。

增益己所不能

李后主与李清照是中国文学史上两位著名的词人，而他们的遭遇也是相近的。由后主的宫廷生活与易安的恋爱时期，到后主的失国北上与易安的南渡夫亡[1]，同样给予他们强烈的打击。但也因此造成词风由清丽婉约到雄奇凄厉的变化，更增加他们作品的广度与力量，奠定了他们在文学史上不朽的地位。

同样的道理，在我们的生活中可能有大不如意的事，就近处看，虽是祸；就远处看，未尝不是福。因为那些刺激、震荡，带来的常是“增益己所不能”的力量。

[1]李清照的丈夫赵明诚死于宋高宗南渡的第二年，当时李清照四十六岁。

身体、时间、环境

虽然说人类会进化，但是拿我们现在的身体跟几千年前的人比较，并没有什么大的不同，我们的时间跟以前人的时间也完全一样，在这个同样的身体与时间的条件之下，我们比前人进步，完全是因为身处的环境。所以要想使自己充实，身体的健康、时间的把握固然重要，环境的选择更不可马虎。

一个受教于十七世纪教法与观念的学生，不可能有二十世纪的创意。

童年的眼睛

我们小时候都读过童话，在童话里说纺织娘会纺纱，牵牛花会吹喇叭，彩虹更搭起了七色的桥……童话充满想象，它不但充实了我们儿时的生活，更永远美化我们的心灵，所以即使到成年，我们还总是会以儿时的眼睛看这个世界。

我在国内为大人们写的书相当多，但是为儿童创作的东西却显得贫乏。除了那些古老的吴刚伐木、月里嫦娥，除了西洋的安徒生、格林，我们更应该为孩子们创造一些现代中国的童话，这样不但能充实他们幼小的心灵，也可以培育出更多富有想象力的下一代。

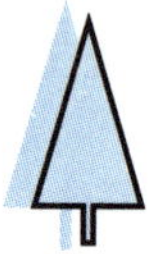

如何不写

海明威曾经说过，庞德是真正教他“如何写作和如何不写的人”。“如何写作”好比教我们如何获得一样东西，“如何不写”则是当我们已经获得的时候，教我们怎样将不必要的放弃。前者容易，后者就困难多了。我们往往在辛苦追逐到一件东西之后，巴不得把所有都一网打尽，结果不但拿不走，而且压垮了自己。

据说庞德曾将艾略特的得意作品《荒原》删除了二分之一，这固然是庞德伟大的地方，而艾略特能够接受，更是他的过人之处啊！

好读书，不求甚解

我们常形容人读书不精是“不求甚解”，这句话原出自陶渊明的《五柳先生传》：“好读书，不求甚解；每有会意，便欣然忘食。”不求甚解，并非绝对不好，因为许多文学作品都有着超乎表面的意思。所谓“横看成岭侧成峰”，疏影横斜，暗香浮动，如果硬要从某个角度去看，或是写得更明朗，也就少了弦外之音，不够耐人寻味了。

过度了解，反倒容易减少美感，读诗做人，常是如此！

时间的电梯

如果时间像是电梯，我们就是乘坐电梯的陌生人。我们知道电梯在动，自己却感觉不明显；而当电梯的门再度打开时，已经投入一个新的环境了！

这个环境可能宁静，可能喧扰，可能有令我们惊讶的事物。在时间的推动下，展示在我们眼前的，永远无法预卜。

梦醒时

有人说：“做梦是最美的，梦醒却最痛苦。”但是如果我们反过来说，则成为“做噩梦是最可怕的，梦醒的时候真感到高兴”。梦真是神妙，它能包含世上最美与最可怕的东西，所以在现实生活中，遇到无比美好的事，我们会说“美得如梦”；真正碰到大的灾祸，又希望那只是一场噩梦。

梦是另一个世界，让我们倾注幻想、交托命运；梦是另一种真实，一下金戈铁马，倏而霓裳羽衣，又“了无痕”地消逝。

愿每个从美梦中醒来的人，都能咀嚼那份美，且使美梦成真；每个自噩梦中归来的人，都能因那可怕的一刻，而对现实的美好深深地感恩。

鱼

如果说世界像一条河，我们就是河里的鱼，既然没有办法跳出去，只有不断地跟逆流搏斗。我们没有无忧无愁的时候，只有忘了忧愁的时候，因为生活就需要我们忧心。

如果在我们诞生之前，便把以后的一切摆在眼前，恐怕谁都不愿意被生下来，但是既然来到这个世界，就要勇敢地面对它。所以富兰克林曾经说过：“人为生而生活，不是为生活而生。”歌德说：“我有敢于入世的胆量，下界的苦乐，我要一概担当！”

幻想的松鼠

我们在卖小动物的商店，常可以看到松鼠，那些松鼠都被装在一个圆形的笼子里，松鼠一跑，笼子就打转。英国著名的文学批评家罗斯金（John Ruskin）在形容“幻想”的时候用的就是这个比喻。他说：“幻想是一只松鼠，在圆形的笼子里自得其乐，想象自己是地上的漂泊者。”

问题是，松鼠就算跑上一辈子，也不可能逃出笼子，所以我们不能只是“幻想”，而要把幻想变为理想，将理想付诸实现。

诗中必有画，画中必有诗

苏东坡曾评王维的画是：“诗中有画，画中有诗。”所以我们现在一提这两句话，就会想到王维。其实哪一首好诗没有画境，哪一张好画又没有诗意呢？因为诗当有“意象”，正如梅圣俞所说，要“状难写之景如在目前，含不尽之意见于言外”；而画中要有神韵，恰如王原祁所讲：“画法与诗文相通，必有书卷气，然后可以‘言画’。”

镜子

朋友就像是镜子，可以正衣冠，可以知得失。但镜子也有不同，有些镜子大，可以照全身；有些镜子小，只可以看眉眼；更有些哈哈镜，足以扭曲我们的形貌。

大镜子可以给我们通盘的指正，小镜子可以使我们随时检点，至于哈哈镜，除了逗人一笑，就毫无用处了。

忘忧

我们常说："人生最快乐的莫过于幼儿时期了！一上小学，功课和考试就接踵而来。"但是一个六岁以下的孩子，对于快乐又有多少深入的感受呢？人在福中不知福，一个从不知忧愁为何物的人，是很难真正了解快乐的价值的。

忘忧！忘忧！唯有忧愁的人，才知道什么叫忘忧啊！

句号、叹号、问号

生命就像是一篇文章，在文章结尾有些人用的是句号，有些人用的是叹号，更有些人以问号来结束。

孔子、孟子是圣人，他们建立了自己的思想体系，所以用的是句号；岳飞、王勃，壮志未酬身先死，所以是惊叹号；至于不知为何来到这个世界，又懵懵懂懂地过了一辈子的人，只好以问号来结束了。

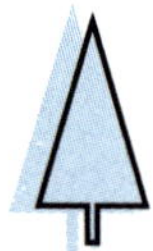

万花筒

我们小时候都玩过万花筒，通过那些镜子，能够看到数不尽的美丽画面，不停地转，也就不断地变化，其实打碎了，里面只不过是一些彩色的小纸片罢了！

我们的生活也是如此，随着生命的转动，许多事情都是那么多彩多姿、交织幻化，其实看穿了，不过是一些简单的人、物而已！

敏感

我们常形容人很“敏感”，敏感的人能享受到比别人更强烈的快乐，也会更早感受到人的伤感。

艺术家常比较敏感，所以能写出时代的精神，画出胸中的丘壑。但他们的敏感不是造作，不是为赋新词强说愁，更不是神经质，动不动就歇斯底里 (Hysteria)，而是一种真实的、慧心的、灵敏的感应。

有色眼镜

记得在很早以前上演过一部神话影片，当中有一群人到翡翠城去，其实那只是座普通的城，但是当每个人都戴上一副绿色的眼镜之后，就变成翡翠城了。

我们常形容人怀有偏见是“戴有色眼镜”，其实在我们的心中，有时加上几分自我创造的理想色彩，倒不失为一种美。

怀疑

我们常用“怀疑”这个词，怀疑使科学家推翻以前的定律，怀疑使奥赛罗勒死了德斯底蒙娜[1]，怀疑可以使兄弟反目、夫妇仳离，也可以使科学进步、思想成熟。

古人曾经说过：“尽信书，不如无书。”又说，“疑人莫用，用人莫疑。”对于知识我们应有怀疑的精神；对于朋友，则采取信任的态度。

[1] 见莎士比亚作品《奥赛罗》。

理想、事业、生活

人，有时候追求理想，有时候追求事业，有时候追求生活。

理想不一定能作为事业，事业也不一定全为了生活。

但是理想成为事业，就是最有希望的事业；生活合于理想，就是最满足的生活。如果三者能谐调，就是最快乐的人生了。

婴儿的境界

王国维曾经在《人间词话》里说：古今之成大事业、大学问者，罔不经过三种之境界："昨夜西风凋碧树，独上高楼，望尽天涯路。"此第一境界也。"衣带渐宽终不悔，为伊消得人憔悴。"此第二境界也。"众里寻他千百度，蓦然回首，那人却在，灯火阑珊处。"此第三境界也。这与尼采精神的三变（骆驼、狮子、婴儿）相类似，而其中最高的境界应该是第三个了。因为我们往往在困顿、流离，不断地追索之后，才发现所有的圆满、美好、天真，就在自己的身边。

《人间词话》中引喻的三种境界，第一境出自晏殊的《蝶恋花·槛菊愁烟兰泣露》，第二境引自柳永的《蝶恋花·伫倚危楼风细细》，第三境出自辛弃疾的《青玉案·元夕》。王国维在文后说："然遽以此意解释诸词，恐晏欧诸公所不许也。"所以研究这三种境界，不能以原词意，只可作为借喻。

第一境："昨夜西风凋碧树，独上高楼，望尽天涯路。"不是悲秋的小境界，而是面对苍凉的世态毫不退缩，以天下兴亡为己任，独抱济世的胸怀，也就如同尼采精神三变中"骆驼"的负重精神。

第二境："衣带渐宽终不悔，为伊消得人憔悴。"是以一种坚决执着的态度，朝既定的方向勇往迈进。如同屈原"首身离兮心不惩""亦余心之所善兮，虽九死其犹未悔"的精神，也可以说是尼采所谓"狮子"的阶段。

第三境："众里寻他千百度，蓦然回首，那人却在，灯火阑珊处。"是一种"顿悟"的表现。当一个人追逐奔劳了半生，对戎马生涯突然感到厌倦，发现周遭的美好，便一下子回到了"婴儿"天真完满的世界，也可以说是"觉今是而昨非""是非成败转头空""行到水穷处，坐看云起时"的心境。

幽默

我们常形容人很幽默，幽默不是滑稽，更不是造作的表现，幽默常起于对生活更深刻的体验，所以即使是一两句调侃的话，或是略带讽刺性的言语，也常能道出人生的真谛。

幽默能打破沉闷的空气，解开尴尬的场面，劝诫人而不伤情感，更能含不尽之意，见于言外，所以幽默真是一种最高的语言艺术。

志与趣

我们常说自己的志趣如何，其实志不一定是趣，趣也不一定合于志。志需要有固定的目标，所以是一种执着的前进；趣可以有多方面，所以常成为一种消遣。

有志而无趣，生活容易枯燥；有趣而无志，就失去了方向。两者能够相辅，才成为完满的人生。

气质与风格

文艺界人士常说“气质决定风格”，气质是讲人，风格是说作品，但是能相互影响，所以我们由作品的风格可以看出创作者的气质。

每个人都有不同的气质与风格，不能去模仿别人，也不必去从事模仿，因为唯有独立的气质才能成就特殊的风格，也唯有独立的风格才能造就伟大的作品。

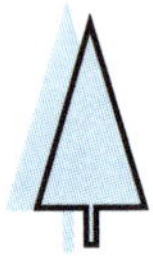

疏放的空间

常听人批评现在许多杂志的设计，往往版面大，文字用得却少，有时寥寥几行字，其他都是空白，使人觉得是种浪费。其实空白称为“视觉疏放的空间”，为的是消减我们视觉的紧张性，以注意文字的内容，反比那些密密麻麻的排列更见效果。

同样的道理，高楼林立的都市，需要绿地；紧张忙碌的工作，需要休闲；连那国画山水，都要在屏山障岫外，留许多空灵不画处。

繁密紧张间，适度地疏放，真是太重要了。

真的真与假的真

当一个人撒谎时，不论他讲得多么动人，只要我们知道他是在说假话，就一定会以虚伪为由拒斥他。但是当我们欣赏一件艺术品时，明知其为虚构、杜撰、想象的，仍可能深深为之吸引，衷心为之感叹。

现实的生活，是真实的，所以现实的人生，需要以写实来对待；艺术作品，是再创造的，所以只要感性的真实，也就足够了！

雅、俗

我们常用一个形容词——“俗”，俗是通俗，也就是常见的，但是同一样事情在此处很俗，在彼处却可能非常雅。譬如“肥”“瘦”这两个字很俗，但是“绿肥红瘦”[1]“露浓花瘦”[2]，李清照却能用得非常雅。“破”字我们以为很俗，但是“云破月来花弄影”[3]“暂引樱桃破”[4]，张先与李后主却能用得奇雅，所以雅、俗没有绝对的分别，完全看它用在什么地方。

[1]“绿肥红瘦”，见宋・李清照之《如梦令・昨夜雨疏风骤》。
[2]“露浓花瘦”，见宋・李清照之《点绛唇・蹴罢秋千》。
[3]“云破月来花弄影”，见宋・张先之《天仙子・水调数声持酒听》。
[4]“暂引樱桃破”，见南唐・李后主之《一斛珠・晓妆初过》。

生命的火柴盒

我们的生命就像是一个火柴盒，里面包含着许多火柴。每当我们点燃一根，虽然盒子里减少了一根，但是也发出了光和热。

善用火柴的人，能点起一片灿烂的烛光、一堆熊熊的营火；不善用的人，却可能焚去整山的森林、成列的房屋；至于那最不懂得利用的人，则过早地划了火柴，结果一下子引燃整盒，早早就离开了人世。

世故

当我们少年时，总有许多憧憬、幻想，但是到了成年又容易变得世故、现实。“动见瞻观，何时易乎？”[1]一方面是因为别人的约束，一方面也因为我们自己拘束了自己。世故使人成熟，但是如果我们的心也世故了起来，就容易失去生命的冲力！

[1] 见曹丕的《与朝歌令吴质书》。

允诺

允诺常是一种负荷，因为即使是口头的允诺，也是一张要兑现的支票。而我们常犯一个毛病，就是有太多的允诺，为了避免被当面拒绝的尴尬，却成了长久背负的责任。

所以古人说：“一诺千金。”却又讲，“古者言之不出，耻躬之不逮也！”

悲剧

没有人喜欢悲剧，但是如果悲剧发生了，就必须勇于面对它。

有时候悲剧更能给予我们震荡，让我们警醒，使我们有更大的勇气去承担另一次打击；有更高的智慧，去看清人世的沧桑；且有更敬谨的心，去回忆曾有过的美好。

所以说：人若不能欣赏悲剧的美，便无法在精神上站立起来。

固执

我们常形容人很固执，其实每个人都有一分固执，只是不一定显明罢了！有的人凡事必固执己见；有的人表面固执；有的人表面不固执，内里却很坚持。

固执不一定就不好，如果人连一点固执都没有，也就太缺乏自我了。所以固执当有，但要适度地固执，要择善固执！

不泥古

我们常发现许多学者的好作品，都是在年轻的时候完成的，年纪愈长，反而愈不敢动笔了，因为他们用词必古人，否则就自觉言语无味；用典必古事，否则就显得学问不渊博。但是如果都这样，我们这一代又能拿什么东西给以后的人看呢？

所以我们必须以年轻的冲力加上年长的慎重，站在古人的肩上高瞻远瞩，而不是顶着古人的头颅以为标榜，才能成就伟大的学问。

眷恋眼前

有一位著名的画家对我说，他不是不想改变画风，而是不敢，因为那是他成名的风格，唯恐一变，别人就不欣赏他了。

许多人不能成就伟大的事业，都是因为过分眷恋眼前的一切，希望由别人的好恶，来决定自己的方向。岂知对于艺术家来讲，唯有他自己能够决定他的风格，唯有历史才能给予他真正的评价。

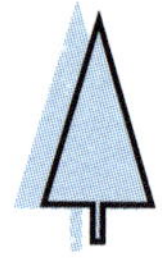

小阳春

秋天到了，有的树已经开始落叶，为着将至的冬天而叹息；有的树却当它是一个小阳春，开放出春天的花朵。

同样是秋，有的人觉得凄风冷雨，萧瑟肃杀；有的人则以为是秋高气爽，最是宜人天气。随着心境的差异，同样的季节可以予人全然不同的感受。所以遭遇厄运，有的人会怨天怨地，一蹶不振；有的人却能泰然处之，开创新机。

抱琴未须鼓

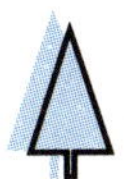

最近看到一幅明代画家沈周的扇面，上面画着一棵芭蕉树，下面坐个老人，抱着琴却没有弹，题的诗是：“蕉下不生暑，坐生千古心，抱琴未须鼓，天地自知音。”

在我们生活中，常有不吐不快的事情，有些是郁闷的，有些是愉悦的，但是在宁静中，自我去体会，慢慢去释怀，不也是一种趣味吗？这也就是“但识琴中趣，何劳弦上音”的境界了！

沉默

同样是沉默，智者与勇者的沉默和愚者与懦弱者的沉默却不相同。

勇者与智者的沉默可能是睿智的思索、力量的积蓄，愚者与懦弱者的沉默则是无知与退避。

但是所有伟大的沉默都应该伴以一个伟大的行动，如果永远沉默下去，就没有智愚的分别了。

自学

从事教育工作的人都知道，有些知识在学生还没有遭遇的时候，就要先告诉他，使他不多走冤枉路。有些知识，则明知学生会遭遇困难，也不先讲，使他自己在冲撞、错误中反省、学习。

在求学的过程中，我们不能希望永远获得现成的知识，因为许多伟大的学问，都是成就于我们亲身的体验与重重的疑难当中。

浅啜与牛饮

同样一杯茶，有的人大口大口地喝，只为了解渴；有的人一小口一小口地啜，为的是品尝。

对于生活也是如此，有的人为了生存而生活，有的人为了体味生活而生活，后者不比前者更多一分生的趣味吗？

遗忘

我们常抱怨自己容易遗忘，其实遗忘不见得绝对不好。在我们的生活当中，有许多痛苦、尴尬、仇怨，就是因为我们会遗忘，才能被冲淡。

古人说：“施人慎勿念，受施慎勿忘。”如果我们总能记住那些善的，而忘记那些丑恶的，世界也就会变得更美好了！

精神的松懈

做过学生的人都有经验，就是在考试一个星期之前所念的书，一直到考试都不容易忘，但是考完才两三天，就可能丢掉了一大半。

精神的松懈，常是我们失败的最大原因。一刻松懈，可能使我们失去多日辛劳的成果，想到这些，我们怎能不时刻警惕呢?

美的印象

每个人都在生命中追求永恒，但是我们周遭又有多少是永恒不变的呢？爱尔兰大诗人叶芝有一句诗："万物皆变……凡美丽的终必漂走。"得意伴随着失意，安定伴随着颠沛，花开接着是花落。时间不断流动，我们的外貌也将衰老，唯一不变的恐怕只有花开时，留在我们心中那永恒不灭的美了。

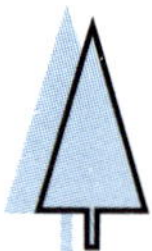

莫负今生

宇宙真是太浩渺而神奇了！往后看，我们不知道过去有多少年；往前看，也不知未来要怎么变。唯一值得高兴的是：不论过去亿兆年如何迁化，眼前的世界就是这个样子，属于我们的这一刻也便是最新的，而且一直到我们离开人世，这最新的一刻总与我们同在。

“何幸生于今朝！”每个人都能如此说，因为当他说的时候，正站在时间的前端。

“莫负今生！”每个人都当如此想，因为当他想的时候，时间已经不断地飞逝。

消化知识

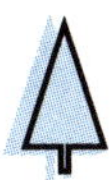

如果我们拿十几年前的电影跟现在的电影比，会觉得后者在节奏上要快得多，同样一件事，过去要花很长的时间解释，而现在只要稍稍一点，人们就了解了。

知识大量地增加，时间却依旧，使得我们每一刻要接受几倍，甚至几十倍于前人的东西。所以我们除了要把握时间、分秒必争之外，更要不断训练自己接受与消化知识的能力。

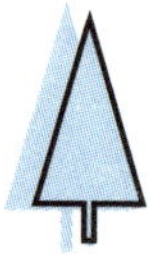

偶然与必然

一条窄小的巷子里，两个人相对而行，在中间碰面了，这件事情是偶然还是必然呢？他们是必然会相遇，但是对于这两个人来讲，却觉得是偶然了！

每一个偶然都是必然的，每一个果都是有因的，所以我们不应该只等待偶然的机缘，而应该主动地去制造必然的机会。

欣赏者的创造

同样一首曲子，不同的指挥家指挥起来效果不一样，不同的演奏者演出也有差异，不同的欣赏者更各有各的感受。在艺术作品发表与欣赏的过程中，每个人都有发挥感性与创造的资格。

所以不论文学、美术、音乐，如果表现得太固定，游说得太完全，反倒不够耐人寻味了！

内在美

我们常形容人有“内在美”，艺术欣赏也有所谓内在美。有些艺术品初看不美，但是愈欣赏愈觉得动人；有些艺术品初见很美，却愈看愈乏味，前者比后者就多一份内在美。

美不仅是停留在表面的东西，不是以言语能形容的东西，所以愈深沉、愈耐人寻味，愈美。

国家的基础

我们看一些科学非常进步的国家，投下很大的资本从事没有什么显著效果的研究，常觉得有点多余。其实一个国家的强盛，是由各方面点滴集合成的，船坚炮利只是表面的东西，唯有当政治、军事、经济、文化、科学、体育俱已进步的时候，才能构成一个国家坚固的基础。

这就好比功课好的学生，固然容易金榜题名，但是真正的“好学生”，却需要德、智、体、美、劳，五育兼修才行啊！

情理兼顾

我们可以形容一个人的皮肤很白、牙齿很白、穿着一件白色的衣服，但是皮肤、牙齿、衣服的白却不相同。这表示在我们心中有一个白的准则，只是在不同的情况下可以改变。

同样的道理，对许多事物的判断，我们应该因时、因地制宜，情与理兼顾，如果只知道死守一个规矩，就是扞格不通了。

智慧与聪明

《辞海》记载："智慧犹言聪明。"其实深刻地讲起来，聪明和智慧是不同的，有智慧的人都聪明，但是聪明人却不一定智慧。

聪明偏重于智商，智慧则是洞观事物整体并全然领悟的能力。所以聪明不足恃，唯有智慧才能成大事业。

天才

我们常形容人是天才，天才有超于常人的想象力，天才常不安于现状，常不能忍受过于平静的生活。但是天才不一定都伟大，甚至多数的天才都没落了，因为他仗着自己的天赋，放弃了踏实学习；他没有建筑起蔽体的屋舍，只想望那缥缈的宫殿。

十九世纪西班牙名提琴家萨拉萨特对赞美他是天才的人曾经感慨地说：“天才！三十七年来，我每天要练习十四小时，他们却称我为天才。”所以天才必须加上锲而不舍的努力才能成功。

败而不馁

“兵败如山倒”，我们常因为一步走错，而方寸大乱、风声鹤唳、草木皆兵。其实如果我们能稳定阵脚，下一步未尝不是新的开始。

失败为成功之母，问题是我们能不能痛定思痛、沉着振作。所以胜而不骄固然可喜，败而不馁更为重要。

失败的缄默

我们常犯一个毛病，就是对于自己的错误与不好的遭遇，编织借口自我原谅、自我安慰。

尼采曾经说过：“受苦的人，没有悲观的权利。”同样，对于失败我们应该保持缄默。因为唯有在困境中求得胜利，才能说明一切，也唯有信心与勇气能够在命运之前发言。

生命的标点

如果生命是一篇文章，我们就必须加标点，否则容易段落不够分明，而那些标点则是生活中最值得记取的事。譬如在某一年的暑假，你学会了游泳，虽然呛了不少水，但是每当提起那一年的暑假，你就会很容易地想起就是那个学游泳的暑假。

同样的道理，如果我们每隔一段时间，都有一些特别的生活体验，回忆也就变得段落分明了！

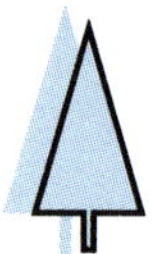

准点

记得我在学生时代，有一阵子很久没动笔，再拾起笔的时候，却觉得自己的作品进步了，我以这件事请教老师，老师说有两种可能：“一是由于在这段不动笔的时间中，你有了新的领悟；二是因为长久的荒废，使自己的眼光降低了。”

我认为每当我们感觉自己有进步的时候，都应该以这两点去反省，因为有些进步不是真正的进步，反而是自己的准点降低了。

酒酸了，打掉！

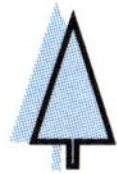

在十几年前上演过一部有关艺术大师米开朗琪罗的电影，其中有位卖酒的商人，新打开了一桶酒，但是米开朗琪罗觉得有些酸，卖酒的人便毫不犹豫地一斧头打翻了整桶酒。就因为这件事，米开朗琪罗决定重画已经完成大半而自己并不满意的作品。这给了我们一个很好的训示：

只要不好，哪怕是一点点，也要勇于革除，如同那卖酒的商人所说：“酒酸了，打掉！”

才惊庭前春草绿

最近我作了一首诗，其中有两句：“骋目方知南天远，回头犹见北山低。”因为生活在这个局促的城市里，我们容易变得短视，常为不必要的事争逐。只有某一刻突然醒悟，放目四顾，才会惊讶于世界是这么大、名利是那么小。

所以在这首诗的最后，我写：“待等明朝松雪凋，才惊庭前春草绿。”

水果的哲学

我们在吃水果的时候常发现，外表光滑而且芬芳的香瓜，里面却可能已经臭了，但是皮已经干了的荔枝，果肉却依然甘甜而柔美。

我们做人应该像荔枝而不要像香瓜，宁可外表贫乏而内容充实，也不要看起来美丽，里面却见不得人。

以天下兴亡为己任

常听人说“明哲保身”，或是“不做不错”，如果大家都这样，真不知道还有谁能“见危致命”“仗义执言”“革命救国”了。

我们常犯一个毛病，就是“打儒家的招牌，行老庄的无为”，其实老庄的思想又岂是消极的呢？《岳阳楼记》中有一句：“先天下之忧而忧，后天下之乐而乐。”今天的国家，正需要这种“以天下兴亡为己任”的人。

驾驭文字

我们常评论人写文章，有没有驾驭文字的能力。

在文字的处理上，用“驾驭”两个字，真是太妙了！因为马需要骑士的驾驭，文字也要作者的安排。马想驾得好，要多骑；文字想用得妙，要多写。马要肥壮，需多加草料；文章要充实，应多添词汇。两者虽不同，道理却是一样的。

生命是一种责任

生命是一个过程，也是一种目的。在短暂的生命历程中，我们必须使生命具有更高的意义，在自己有限的生命中建立起一些永恒的东西。这更高的理想，不仅仅是为了自己的存在。譬如最简单的，我们往往为自己身后的事担心，不是担心自己，而是担心下一代。

所以生命更是一种责任。

注：我们常说婚姻使人成熟，其实不如讲，婚姻使人更能意识到自己的责任，深切地体认到自己存在的重要。没有家的人，可以以天下为家，进退都少拘束，胆子也比较大。但是对于有家的人而言，妻子儿女都是牵挂，要有所决定，总多一分顾虑。同样是战争，对于成家与未成家的人，感觉却大不相同。成了家的

人除了保卫社稷，更为保全自己的家人而战。谈到下一代，没有孩子的人很难有深刻的体会，有孩子的人却可能为他子子孙孙的幸福奉献出自己的生命。

患得患失

曹丕的《与朝歌令吴质书》中有一段：“年行已长大，所怀万端，时有所虑，至通夜不瞑。”随着年龄的增长、接触的频繁、责任的加重，我们常会将纷杂的人、事萦绕在心中，久久不能放下，直到事情过后，又觉得自己当时的忧心很多余。问题是，为什么在事情发生时，就是看不开呢？

人有得失心是对的，但不能患得患失，如果总斤斤计较于小处，就很难成就大的事业。

关切

我们常形容自己很寂寞，寂寞有时候是因为没有人关心自己，有时候是因为没有让自己去关切的人。譬如老人家当子女离开身边以后，会觉得寂寞，一方面是因为子女的离开，一方面更因为缺乏让自己关切和照顾的人。

所以，要想打破寂寞，最简单的方法，就是去关心别人。

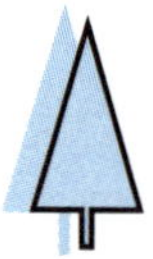

点、线、面

有人说中国是一个讲究“面”，而不讲究“点”和“线”的国家。其实在某些方面，它倒不失为一种优点，譬如艺术，中国没有精确的“透视学”，但是绘画不失远近高低之感。禅学、老庄虽然玄奥，但是更能直指人心，含不尽之意见于言外。所以说：“能读无字之书，方可得惊人妙句；能会难通之解，方能参最上禅机。”

联考

每年将近联招，总见许多应届的考生，一天天地数着日子，焦躁会觉得时间过得慢，紧张则觉得日子特别快，那忐忑不安的心理压力，似乎更甚于功课的重量。

其实要来的终究要来，也将成为过去，一生中，我们哪一刻不是在面对考验呢？除了联考，改变我们命运的机会真是太多了，一次的失败不能代表永远的失败，一次的成功也不可能成为永久的保证啊！

拥有现在

我们常碰到一些作文题目：《如果我还是个大一的学生》《如果我还在高中一年级》，其实倒不如作《如果我还能拥有现在》，因为当我们讲这句话的时候，现在已经过去了。

回顾过去，只为策励将来；而把握现在，正是开创以后。

矜持

我们常形容人很矜持，矜持的种类很多，有谦虚的矜持，有怯懦的矜持，也有高傲的矜持。高傲的矜持常成为傲慢，怯懦的矜持常成为拘谨，谦虚的矜持常成为含蓄。

所以矜持并不一定都好，唯有当矜持成为自然、含蓄、蕴藉的时候，才能成为一种美。

杂志般的生活

如果生活像是一本综合性的杂志，我们就是这本杂志的主编者。

这本杂志要有论文的严肃、散文的轻快、小说的变化、诗的超脱，它们是那么有节奏地排列着，那么清新隽永、耐人寻味，使人读完了还想读，直到每个字都深深印在我们的心上。

有年轻的心，真好

前些时候看到一篇文章，题目是《年轻，真好！》，其实年轻与年老有什么显明的界限呢？如果说年轻代表冲力、热情、理想，难道年老的人就完全失去了这些吗？

我们不能被年龄的数字所欺骗，二十岁的人不见得年轻，八十岁的人也不一定年老，完全要看他是否具有一颗年轻的心，所以应该说：“有年轻的心，真好！”

未完成作品

世界上许多伟大的艺术作品都是未完成的，甚至有些艺术家留下的一大半作品，都没有完成。其实对于完成与否，我们很难下个定义，因为艺术不同于数学，有个固定的答案，只要不能增减一字，不能增减一笔，给人一种完美的感觉，也就是完成。如果硬要规定到某个程度，倒可能是画蛇添足了。

注：艺术创作，作者认为完成，就是完成。创作者在动手之前不能预期完成的时间，也不能毫厘不差地预期完成作品的内容。因为创作过程，就是目的，在此过程中随时可能产生新的灵感，如果非要完全依照事先的计划，也就难有神来之笔了。

同时艺术创作，是创作者精神的发挥，意到笔未到，要比笔到而意不足，更耐人寻味。有时创作者原先设想要数月才能完成的作品，可能在一夕之间就发现不能多加一笔，似乎是雏形的画面已经将绘画的精神完全表达，此时该作品应视为完成。

山水兼胜

孔子说："知者乐水，仁者乐山。"[1]"知者乐水"是因为水的澄澈、流动与深沉难以测量；"仁者乐山"是因为山的丰盛、敦厚与环抱的胸襟。但是水若不倒映着山影，总觉失色；山若不受水的润泽，也容易枯干。山水兼胜，岂不更美？！

[1] 子曰："知者乐水，仁者乐山。知者动，仁者静。知者乐，仁者寿。"《论语·雍也篇》。

品茗与求学

在我们的生活中，有些东西应该浅尝，有些事物则当深取。浅尝的如果没有节制，就容易失去趣味；深取的如果不够，就容易捉襟见肘。

浅尝譬如品茗，要的是那份馨雅；深取譬如摄食，要的是充足的营养；浅尝又譬如消遣，要的是精神的疏放；深取又譬如治学，要的是敦厚的知识。两者必须兼备，才能有快乐的人生。

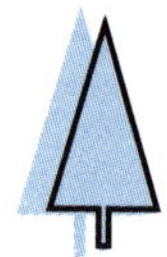

心灵的四季

中国人对于四季似乎特别敏感，绘画要讲究四时，说是“春山如笑，夏山如怒，秋山如妆，冬山如睡”。[1] 连唐诗也有四季的说法[2]。

在台湾四季不够鲜明，但是四季除了是时间的变迁，也是心灵的一种感受。随着我们心情的起伏，即使在一天当中，不也可能有四季的变换吗？

---

[1] 清·恽寿平《南田画跋》：“春山如笑，夏山如怒，秋山如妆，冬山如睡，四山之意，山不能言，人能言之。秋令人悲，又能令人思。写秋者必得可悲可思之意，而后能为之。不然，不若听寒蝉与蟋蟀鸣也。”

[2] 吴经熊博士《唐诗四季》：“我认为唐诗的境界有春、夏、秋、冬四季之分。代表春季的，有初唐的一些诗人，以及王维和李白；代表夏季的，如杜甫，以及描述战争的一些诗人；代表秋季的，包括白居易、韩愈，以及和他们两人常在一起吟唱的诗人；代表冬季的，如李商隐、杜牧、温庭筠、许浑、韩偓，以及另外几位次要的诗人。”

适时而动

《桃花源记》这篇文章我想各位都读过了，其中有一段描写桃花源的文字：“土地平旷，屋舍俨然，有良田美池桑竹之属。阡陌交通，鸡犬相闻。”前面都是静态，到最后才表现动态，还加上了声音，使得文章一下子生动了起来。

写作是这样，为人不也如此吗？静然后动，适时而动，更有效果！

注：在中国文学作品当中，像这样的例子相当多，而最早也最精彩的应该算是《诗经》中的《国风 · 卫风 · 硕人》，其中第二章描写庄姜的美：“手如柔荑，肤如凝脂，领如蝤蛴，齿如瓠犀，螓首蛾眉，巧笑倩兮，美目盼兮。”形容的次序极为巧妙，由手到皮肤到颈到牙齿到额眉，渐次而上，前面都是静态，最后则以“巧笑倩兮，美目盼兮”的动态，点化全体，一下子生动了起来。无怪乎姚际恒说：“千古颂美人者无出其右，是为绝唱。”

色彩的生活

近年来国内建筑发达，室内设计也愈来愈讲究，而室内设计中色彩是最重要的了。随着色彩的差异，能造成寒、暖、进、退等不同的效果，更能影响我们的情绪。

红色的奔放，蓝色的沉静，黄色的明快，靛色的深沉，如果我们能随时改变周遭的色调，生活也就更多彩多姿了。

工作与生活

工作的成功并不一定就是生活的成功。

如果工作只为生活，就成了不得已的工作；生活只为工作，就成了枯燥的生活。唯有当工作成为生活情趣的一部分，才是美满的人生。

宁适的完满

“采菊东篱下，悠然见南山。”这是陶渊明著名的诗句，也是千年来人们所向往的境界。这句诗的美不在于写景，而是心境闲适的完满感。

身处在这个忙碌的社会，我们的“充实”是以许多事物“填塞”而成。其实在忙碌之后让身心都宁静下来，往往会有一种更完满的感受。

情人眼里出西施

我们常说“情人眼里出西施”，其实在任何一样平凡的物体上都可以见到美，美是一种心灵的感应，它常出于爱，而爱总需要相处。

跟一个外表丑陋的人相处久了，可能发现他的内在美，甚至连他表面的丑陋也变得可亲。一首深奥的诗，多读几遍，便可能欣赏到那境界美，连艰涩的文字，也变得易解。

所以要想欣赏到更多、更深的美，就先要去爱、去了解、去认识、去观察。

气

中国人非常重视气，不论讲人或是品评作品，常以气去形容，譬如才气、品气、俗气、行气[1]、气韵、气机、气势等。孟子重视养气[2]，文天祥也讲：“天地有正气。”

如果说有形的是生命，气就是灵魂，生命赖灵魂以带动，生命可死，正气长存。

[1] 创作者形式固定，因袭不变，乏于思考，谓之“行气”。譬如某人因为某一作品而成名，从此就依照此一作品形式大量创造，久之则成行气难改。

[2]《孟子·养气篇》。

合欢树

我家附近有一棵合欢树，每天晚上小小的叶片都会合在一起。但是有一天晚上我经过那棵树下，发现叶子居然没有合，第二天那棵树就死了。

在有秩序的生命过程中，我们不要奢求某些反常的现象，就像那棵合欢树，并不是它的生命力更加旺盛，反而是失去了。

洞观全体

我们常说："学历史使人聪明。"这聪明的不是智商，而是看了历代的盛衰、兴废、治乱后得到的"洞观世事"的能力。

我们做其他的学问也应当这样，不要过于片面，而当洞观全体，唯有了解了事物的本末之后，才能有更准确的把握。

心远地自偏

陶渊明有一首非常著名的饮酒诗，其中前半段是：“结庐在人境，而无车马喧。问君何能尔？心远地自偏。”

“远”这个字，实在有很深的哲理。画，放远看，常更美；山，站远看，常更幽；对名利看得远，就能潇洒；对小人，避得远，则少是非；将思想放得远，能洞观事物本体；将心放得远，能少去许多烦扰。

人生在世，近朱墨、近声色，都容易，最难的就是这个“远”字。

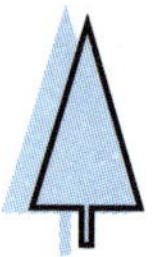

楼梯与电梯

就时间效率来讲，我们上楼应该坐电梯而不要爬楼梯。但是就做学问来说，则应该爬楼梯而不要坐电梯。

我们要一步一步踏踏实实地做，学问才能坚固，如果只想求快，走捷径，是非常危险的。所以梁启超说：“为学之功，贵乎循序渐进，经久不辍，故一日不必要多学。”

美

我们常形容风景很美，其实美的不是风景，而是我们的感觉。同样的道理，我们周围的一切事物，不论是崇高、滑稽或悲壮，只要注意去欣赏它、体味它，都有一份美。

美不受价值、地域、人的限制，它完全存在于我们的心中，等待我们随时去感应。

生命的领悟

有人读了十几年的书，就能写出很好的作品；有的人念了一辈子的书，毫无自己的见解，这是不多思考的缘故。对于生命也是如此，有些人很年轻就对生命有深刻的体会；有的人活了七八十岁，仍然不知道生命的价值与意义。

生命的充实，不在于年岁的长短，而在领悟生命的深浅。

人不是为失败而生

《老人与海》这部小说我想大家都看过了，在这部名著里，海明威刻画出一个坚毅而不向命运屈服的老渔人。虽然他最后所得到的只是一副马林鱼的骨头，但是他在精神上是成功的。

我们的生命中也可能遭遇到种种磨难，但是不能唯恐失败而退缩。因为光荣地死，常比苟且地生，更有生的价值，这也就是海明威说“人不是为失败而生，一个人可以被消灭，但是不能被打败”的道理了！

历史像一篇文章

如果历史像一篇文章，我们就是其中的一两个字。

文章是要不断写下去的，我们的任务则是使上下文能够承接，而且写得更好。

欣赏无偏见

我们常可以看到，当小孩子刚学会一句话的时候，总是重复地使用它，也不管用得适当与否。

在学习欣赏的过程中，我们也跟小孩子差不多，每当我们新学会或者新领悟一种美的原则时，就总以这种原则去看每一样东西，非某一画家的画不看，非某一种酒不尝。其实真正到了欣赏能力的最高境界，也就没有偏见，无所不能欣赏了！

重视根本

有人说："没有押韵，就不能算是诗。"这当然有他讲求"音乐性"的道理。但是如果我们反过来想，用了韵的诗，却没有诗的本质，算不算是"诗"呢？所以顾炎武说"东汉以降，乃以无韵属之文，有韵属之诗，判而二之，文章日衰，未始不因乎此"。

同样的道理，我们为学做人，不能过分拘泥于形式，反而忽视了根本的所在。

存在的意义

“存在”这个词，有许多不同层次的意义。狭义的存在，是存活，只要“双肩承一喙，俯仰天地间”地活着，就是存在。广义的存在，是长存，由“独善其身”，进而求“兼善天下”。譬如诸葛亮，由“躬耕南阳”，进而“临危受命”，由小的个人存活，大而为国家、民族的存亡绝续努力。

求个人存活者，常能苟存性命，活得久些；求兼善天下的人，常会牺牲小我，活得短些；但是后者的存在，是为众人存在，也将会“长存”在人们的心中。

行百里者半九十

我们常说：“好的开始是成功的一半。”但是又讲：“行百里者半九十。”前一句譬如写文章，开头最难，后一句好比作文，容易虎头蛇尾。

一件事情要想真正的成功，不但要有事先周详的计划，更得加上坚持到底的精神。

绝弦与割席

大家都知道“伯牙绝弦”和“管宁割席”的故事，伯牙因为子期死了，就把琴摔碎，再也不弹琴。管宁因为华歆不努力，只向往荣华，则将席子割断以示绝交。一个是因为再没有知音，一个是因为志趣不相投。

由此可知，古人对朋友是多么重视，对于择友是多么慎重了。

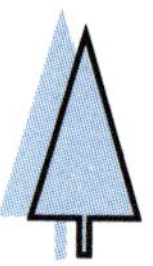

母爱

如果问这世上最崇高又无条件的爱是什么，那应该是“母爱”了，因为它几乎可以说是一种与生俱来的情感和执着，不仅为人类所拥有，也表现在千千万万其他动物的身上。看那袋鼠怀着孩子，无尾熊背着宝宝，鳄鱼衔着幼子迁徙，鸵鸟、企鹅、母鸡撑着翅膀，保护自己的下一代，怎能不令人感动于那母爱的神妙、伟大呢？

母爱是向下又很少要求回报的，她给予子女的，总比子女的回馈多。小时候，母亲是我们的摇篮、手帕和《百科全书》；青年时，母亲是我们的训诲、指引和安慰；中年时，如果母亲仍健在，她多皱纹的脸则像是一首诗，让我们歌颂，因为已经做了父母的子女，才能更深刻地体会母爱的伟大。问题是，对那垂暮年老的母亲，我们能做些什么呢？

我们当成为她的眼镜，看到盼望的实现；成为她的拐杖，在她倾倒时得以依靠；成为她手的延长，把母亲给我们的爱，交给下一代。

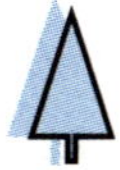

碗与碟子

同样分量的汤，装在碗里只有一碗，倒在碟子里却能盛满许多碟。但是如果我们用汤匙去取，每次在碟子里只能得到一点，而在碗里却能得到满满一匙。

做学问，应该像碗而不要像碟子，深而丰厚，远比范围大而浅薄来得有用。

看重自己

小时候总听见大人们讲：“儿童是国家未来的主人翁。”那时听到这句话，心里不觉得有什么，甚至还认为大人只是说得好听而已。但是随着年岁的增长，自己肩上的担子一天天重起来，才渐渐领悟到这句话的真义。吴敬恒先生有一篇文章，开头就说“我们人活在世上，最要紧的，是自小就要看重自己”，真是一个警句。

时间的马车

如果时代像是一辆马车，我们就是车上的人。一方面是我们驾驭着马车跑，一方面也是马车带着我们跑。时代会因为我们的创造而改变，我们也因着时代的进步而进步，每一分每一秒，这两件事都同时发生，想到这些我们怎能不把握时间、分秒必争呢！

天生的诗人

我们常说“诗人是天生的”，其实不如讲“人是天生的诗人”。在日常生活中，许多情境都能引起我们诗一般的感触，只是没有办法作成一首诗罢了！所以勃朗宁（Browning）在评论他想象的诗人时说：“你的脑筋搏动则成音调，别人只能感觉到，你却能说得出。”

但是话说回来，能在生活中保有一分诗的感觉，即使写不出，不也足够了吗？

施比受更有福

德国著名的心理学家弗洛姆 (Erich Fromm) 在《爱的艺术》这本书里说："不成熟的爱，所遵循的原则是'因为我被别人爱，所以我爱别人'。成熟的爱，所遵循的原则是'因为我爱别人，所以我被别人爱'。"听起来似乎没有什么不同，其实当中差距很大。

我们往往只要求别人给予我们什么，却不想自己给了别人多少。真正的快乐不一定是入超，所以基督教有一句话："施比受更有福。"

艺术陶冶

我有不少习画的学生，当他们刚开始学画的时候，都有同一种感觉，就是虽然绘画的技巧一时很难成熟，生活却变得充实了。季节的更换，草木的消长，各种色彩与形态的美，以前不会注意的，现在都能很深刻地感应到。所以艺术陶冶，真是我们充实人生的好方法。

乐观与幸运

我有一位朋友，总有着很好的运气。他表示获得好运的秘诀是每天早上出门，如果遇到晴天，就说：“啊！这是个多么美好的天气。”如果是阴雨，则讲：“这是个多么有情调的天气。”坐上车他会想：“今天是个幸运的日子。”然后觉得每个人都在对他笑，好运也就跟着来了。听起来似乎很迷信，但是我想主要的原因，是他总能保持一颗乐观且充满希望的心。

共同的命运

有一位美国航天员在离开地球飞往月球的途中，看着渐渐远去的地球，不禁感慨地说：“我们都是生活在同一个星球上的人类，却为什么有那么多纷争？”

动物的相爱，往往是因为意识到彼此共同的命运。我们有时因为生在同一个家庭而相爱，有时因为生活在同一个地区而相爱，如果不断地扩大下去，就会及于全人类、全宇宙。

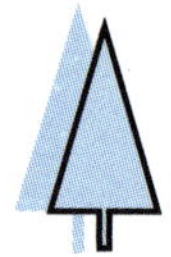

感应时代

我们常说："伟大的艺术家是超越时代的。"其实不如说："伟大的艺术家更能感应这个时代。"

任何一种作品，不论它是什么主义，都是这个时代的产物；任何伟大的艺术家，无论他多么先进，总生活在这个时代当中。他们的伟大，只是在别人还未感应时，已经能表达出来罢了！

距离与美

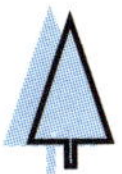

如果有一幅画，题目为《阳明山》，没有到过阳明山的人，会说这幅画真美。曾经去过的人可能会讲："美得很像阳明山。"至于住在阳明山的人看了，恐怕就要问他的家在画上什么地方了！

不论绘画、戏剧、文学，离开一段距离欣赏，往往更能抓住它的精神，生活的艺术不也是这样吗？

时间的洪流

从我们这个时代看几万年以前的人类，会觉得他们是那么不文明，但是如果我们往未来想，几十万年以后的人看我们，不也是如此吗？

在无尽的时间洪流里，在无涯的知识海洋中，我们所拥有的实在不多，所幸的是，在历史上，我们占有重要的地位，因为过去千万年人类智慧的宝藏都交在我们的手里，我们且将加上利息，更丰富地传给下一代。所以不论未来的人类多么伟大，没有我们，他们都是不可能成功的。

诗

在中国文学史上，诗占有极重要的地位，除了咏物言情，还可以用来讽刺时政，所以孔子说："诗，可以兴，可以观，可以群，可以怨。迩之事父，远之事君。"

诗讲的是含蓄，是蕴藉，但是又有"显"与"隐"，"大境界"与"小境界"，"田园派"与"边塞派"的分别。总之，诗所能表现的真是太多了，包括看得见与看不见的。所以宋代诗人梅圣俞说："状难写之景，如在目前；含不尽之意，见于言外。"

择书

夏丏尊在《给青年人的十二盏明灯》这本书里说："多读一本没有价值的书，就丧失了可读一本有价值的书的时间和精力。"书是读不尽的，所以我们必须加以选择，而且不单要选择有价值的书，更要选那些适合自己的书。因为在学术上有价值的书，不见得对每一个读者都有价值，譬如《哲学概论》就不一定能对小学生有多大的帮助。

所以我要说："读书当选择，选'对你'有价值的书。"

不落幕的舞台

人生像一场戏，这个世界是一个不落幕的舞台，我们则是穿梭其间的演员：有的人演配角，有的人演主角。台上不可能老是我们在演；有时我们可以走到后台，喝点茶，或是检讨一下自己的演出，到我们该出场的时候，就又回到舞台上。不论我们是主角，还是配角，这场戏总不能少了我们；不论我们是在前台，还是在后台，都是为了演好这场戏。

隐藏艺术

中国有句俗话："金刚怒目，不如菩萨低眉。"艺术也是如此，柔比刚、隐比显、含蓄比暴露更耐人寻味。

所以禅学中有"禅语"，绘画讲求"空灵"，诗文讲求"蕴藉"。西方人也说："艺术的最大秘诀，就是隐藏艺术。"

时间的效应

记得我在小学的时候，每次因为生病不能上学，躺在床上总想："我没有去上课，别人是不是还在上课呢？"真是非常幼稚。

这个世界会因为我们的创造而改变，但不会因为我们的停止而停止，它给予每个人同样的时间，问题是，在那段时间当中，我们做了多少有价值的事。

举一隅，必以三十隅反

孔子曾经说过："举一隅，不以三隅反，则不复也。"

生活在这个知识爆发的时代，每个人的心都变得更敏锐，我们必须以有限的时间去了解更多的事物，以有限的经验去推想更多的情境，所以就这个时代而言，应该是"举一隅，必以三十隅反"了。

放松自己

我们常发现，同样的高度大人摔下去会受伤，小孩子跌下去却可能没事，主要是因为小孩子的肌肉能够放松，大人则不然。在这个分秒必争的社会里，我们往往紧张，即使在睡觉的时候，也不能完全放松，所以要想保持身体健康，最重要的就是学习放松，而放松的第一步，不是放松肌肉，而是放松精神。

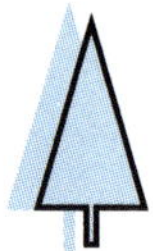

对生命负责

我们在报纸上常可以看到有些老人跟着孙子一块儿去上学，或许会想：他们读了书又能用得了几十年呢？

其实没有人知道自己的寿命有多长，但是即使上天注定我们明天就要离开这个世界，我们今天仍然应该努力地生活，因为生活的意义是：只要我们活一天，就要对这一天的生命负责。

突变与蜕化

艺术大师毕加索，真可以说是拥有多彩多姿的一生。提到他的画，许多人都说看不懂，但是如果我们看他早期的作品，就可以知道他的写实技巧相当成熟，是在自然中改变画风。

由此可知：求新求变的第一步，不是打破传统，而是了解传统；不是表面的反叛，而是内在的蜕化。

银与不锈钢

近年工业发达，不锈钢的制品既便宜又漂亮，制成的餐具往往跟银的差不多，幸亏银比较容易生锈，才分得出什么是银，什么是不锈钢。

交朋友也是如此，幸而那些真朋友还会与我们为真理而争辩，同时指摘我们的错误，才能与那些只会阿附嬉乐的“假朋友”有所分别。

一沙一世界

我们在日常生活中常可以发现，当心情平和的时候，似乎每一样东西都变得更美好；当我们心情宁静的时候，每一件平常的事物都可以触发更多的灵感。所以华兹华斯说：“诗起于沉静中回味得来的情绪。”英国诗人布莱克 (W.Blake) 也说：“从一粒尘沙里可以看出世界，从一朵野花中见到天国。”

如果我们能保持一颗沉静的心，就会对生活有更丰富的体会。

过程与目的

我有位学艺术的朋友，画一张素描往往要花上两个月的时间，但是画好之后就扔在地上不要了。我问他为什么不重视已经完成的作品，他说因为素描对于他只是“过程”，而不是“目的”，他的目的在于打好素描基础以完成更高的艺术创作。

确实如此，在我们求学的过程中，眼光要放得远，对于眼前成就的过度眷恋，只可能成为人生旅途中不必要的包袱，影响我们前进的脚步。

一本读不完的书

如果这个世界是一本读不完的书，我们就是读这本书的人，它不可能因为我们的阅读而增加，也不会因为我们的荒废而减少。它是那么充实、完美，且不含有任何创作者的主观与文词的堆砌，它蕴藏着无尽的宝藏，等待我们去发掘。

每个人都拥有这么一本伟大的书，问题是我们能不能阅读它、咀嚼它、消化它，如果只是放在书架上，就如同没有一样了！

流行

服装的样式总是在变，鞋子尖了又圆，圆了又尖。领子由大而小，又由小而大。每当这一个形式流行的时候，对于上一个形式，我们总觉得落伍而不够漂亮，但是等到三十年前的样式再流行起来，又会觉得很美。

我们的审美往往跟着人群跑，所谓“流行”，真是欣赏的一大阻碍。唯有抛除这些盲目的成分，才能真正走到纯美的领域。

风雨中的花

画花卉的人，多半不喜欢画花圃里大量种植的花，因为虽然那些花开得饱满而鲜艳，却总是欠缺那份劲拔与含蓄的美。略被虫蚀的叶片、几分残破的花瓣、盘错孤挺的枝干，才是画家们特别钟爱的。

“力”是一种美，而生命的过程正是一种力的表现。唯有艰苦地冲出地面，受尽风霜雨雪而获得成长的，才能散发出自然生命的美。

人生不也是这样吗？

上闹钟的精神

使用闹钟的人都有经验，如果每天定时起床，常在闹钟响的前一刻，自己就醒了。但是尽管如此，我们每天晚上还是要将闹钟对好，唯恐有一刻失常而误了时间。

同样的道理，在我们的工作与生活中，即使不容易错失的事情，还是应该时刻检点，这也就是上闹钟的精神了。

何当共剪西窗烛

现在的月历，都印刷得很精美，而人们对于过了期的月历，有两种完全不同的处理方法：有些人只要新的月份一到，就把旧的一页撕下来丢进纸篓，或是让孩子们拿去包书；另一种人则小心翼翼地将上一张翻到背面，以后还总是拿来欣赏。

这也就象征我们两种不同的生活态度：有的人急于追求生活，唯恐今日之不过，明日不再来；有些人则喜欢回味生活，“何当共剪西窗烛，却话巴山夜雨时。”[1]年轻人常属于前者，年长的人多属于后者，至于何者为妙，只有各人自己去体会了。

[1]唐·李商隐《夜雨寄北》：“君问归期未有期，巴山夜雨涨秋池。何当共剪西窗烛，却话巴山夜雨时。”

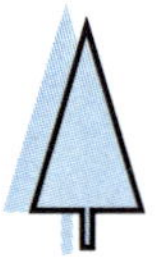

蕴藉与深沉

《圣母抱基督哀恸像》是艺术大师米开朗琪罗最著名的作品，它不仅表面完美，更含有一种深沉感人的力量。因为米开朗琪罗在创作这个作品时，没有让圣母的脸上有过于强烈的表情，既没有蹙眉，也没有痛哭，而是以一种宁静的姿态，按捺内心最深的伤恸。

同样的道理，在文学艺术的表达上，险怪奇丽不见得就好，唯有蕴藉才能深远，也唯有深远可以给予我们心灵恒久的感应。

好奇心

我们常形容儿童有强烈的好奇心，其实成人又何尝没有呢？

为了一窥广寒蟾殿的神秘，人类登上了月球；为了探索另一个世界，哥伦布发现了新大陆。好奇心是与生俱来的，它常跟生命力成正比：愈是对生命充满希望的人，愈是急于探索前面的路途。所以不论我们多么年老，只要仍然保有一颗强烈的好奇心，就是年轻！

有为者亦若是

当我们读一篇文章的时候，常想象作者是什么样子，但是真正见到本人，发现他们的形貌并不特殊，他们的生活也很平凡，便有一种梦想破灭的失望。其实这正是建立我们信心的机会，唯有当我们把对于偶像的神秘感除去之后，才可能客观地学习，乃至超越。这也就是颜渊所说“舜何人也，予何人也，有为者亦若是”的道理了。

细心

我们常形容人很细心，细心有与生俱来的，也有后天培养而成的。有些人凡事细心，是真正的细心；有的人只能对自己经常的工作细心，是职业性的细心。

细心必须谨慎而不怯懦，有条理而不拘泥。唯有既能小心地求证，又能大胆地假设；既能追根究底，又能推陈出新，才能够获得真正的成功。

精简

在学校里常有辩论比赛，辩论比赛的规则，对于每个人发言的时长总有限定，讲话时长超过或者不足都要扣分，前者是为了避免人拖延，后者就有商榷的必要了。因为如果一句话就能把人驳倒，又何必多废话来凑时间呢?

同样的道理，不论写文章或是开会，我们应该尽量避免冗长无谓的言语，否则不仅耽误别人的时间，更浪费自己的生命。

欲望的流沙

我们常形容“欲望”是一个深渊，其实倒不如将它比喻为“流沙”。因为流沙不像水，由表面可以看得出来，它外表宁静而内里流动，常连我们自己也不能觉察。

流沙不像水可以覆舟也可以载舟，它能吞噬无限的东西而不露痕迹，当我们不知不觉陷下去的时候，已经无法自拔了。古人常说“恬淡寡欲”，要想减少自己的欲望，只有保持一颗恬淡的心。

为学与种花

要想庭园里四季都有花开，就必须种每一个季节的花，而且不管是否正在开花，都要辛勤地浇灌。

为学好比种花，要想应付裕如、左右逢源，就必须多读多看，而且不管是否急需，都要随时不断地充实。

自有我在

明代的大画家石涛曾经说过："笔不笔、墨不墨，自有我在。"这造成许多初学者误以为笔墨都不要紧，只有个人的风格才重要。其实石涛在讲这句话时，对于笔墨的修养，已经到达了最高的境界。

艺术固然主要在表达创作者的心灵，但是表达的技巧却需要长期的锻炼，因为唯有当我们技巧成熟，随意挥洒也能不失规矩的时候，才能无拘束地写出胸中的境界。

钟声

身边的钟常会嘀嗒嘀嗒地响，我们却不可能一直听见，其实不是听不到，而是没有注意，只要略为凝神，就可以很明显地感觉到。

许多美好不断在我们身边呈现，许多机会不断从我们指间溜走，我们却没有感觉，原因很简单——没有静心地观察！

日记

许多人都写日记，写日记的好处很多，可以锻炼文笔，可以做备忘录，最重要的是可借以自我检讨。生活在这个忙碌的社会，我们很少把发生过的事情拿来反省，但是当我们记日记的时候，不得不把过去的一天回想一遍，也自然做了一次检讨的工作。

写日记贵在有恒，造次必于是，颠沛必于是；写日记贵在真诚，因为那是写给自己看的，没有半分的造作、丝毫的虚假。

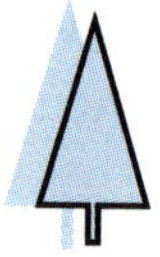

人生的战场

人生就好像一个战场，上面布满了地雷，如果我们丝毫不差地踏着前人的足迹走过去，会非常安全，因为如果有地雷，前人已经遭遇了。但是以后的人，却不可能看到我们踏出的脚印。相反，如果我们完全走自己的路，可能遭遇危险，壮志未酬身先死，却能留给后人鲜明的印象。

平凡人是前者，伟人是后者。

净化

我有一位朋友，他插在瓶子里的花，总能比别人的维持得久，我问他方法，他说很简单，只要每天换水，并且把花梗剪去一小截就可以了。因为花梗的一端在水里容易腐烂，腐烂之后不能吸收水分，就会容易凋谢。

由这一点我们可以得到一个启示，如果我们生活的环境像瓶里的水，我们就是花，唯有不停净化我们的四周，而且随时检讨，革除自己的缺点，才能不断吸收到精神的养分，保持一颗纯慧的心。

太阳与月亮

我问过许多朋友："太阳与月亮，你到底喜欢哪一个？"他们的答案多数是月亮，原因是太阳不是一直都可爱的，它可能带来溽暑难熬的天气甚至可怕的旱灾；而有月亮的晚上，多半很有情调。但是当我说两者只能选择其一的时候，他们则毫不考虑地要太阳了。

同样的道理，在人与人的相处中，我们往往比较喜欢那些好施小惠、善于逢迎的人，唯有到紧要关头，才会深切地感觉到那些真正默默照顾我们、不时教训我们的人的重要。

致知在格物

西洋有句名言："既是真理，又何必问是谁说的。"孔子也曾说："君子不以言举人，不以人废言。"由许多平凡的事物上，我们常能领悟很深的道理；由许多普通人的言语中，我们常可以发现超人的智慧。

所以《大学》上说"致知在格物"，而柳宗元的《种树郭橐驼传》，更能"问养树，得养人术"。了解了这一点，我们就会发现，这世界上的每一件事、每一个人，都是我们学习的对象。

逃避现实

我们常形容人逃避现实，其实现实是根本无法逃避的，因为逃避现实这个行动本身就是一个现实。这也好比我们不愿意面对眼前的东西而转过脸去，但是转过脸仍然逃不开眼前的一切。

“抽刀断水水更流”，现实不可能因为我们的逃避而消失，更不可能随着我们的凝滞而停止。像鸵鸟一样把头埋在沙里，只会制造更多被捕的机会。所以对于现实，我们只有一条路，就是面对它。

高山与坦原

如果在人生的旅途上有高山也有坦原，我们最彷徨的时候应该是在坦原而不是在高山。因为当眼前横着高山的时候，我们只想到如何攀越，但是当坦原展现在面前，却往往不知道该选择哪个方向了。

这就好比我们在学生时代，每天只想到应付眼前的考试和升学的大关，但是等学业告一段落，却不知该怎么办了！所以攀高山的时候我们就应该计划以后的路，学生时代更要立定自己的志向。

因为了解而结合

我们常说“男女因为误会而结合，因为了解而分开”，意思是结合的时候彼此认识都不深入，而当神秘感逐渐消失，相互的缺点也都展现的时候，就必须分开了。

其实真正深切的友谊与爱情，正是在了解之后。唯有当彼此能够容纳对方的缺点、欣赏对方的性格时，才可能造成永恒不变的情感。

痛痒之间

皮肤的感觉很妙，轻轻抓觉得痒，甚至令人发笑，但是用力大一点，就不会痒反而觉得痛了。开玩笑就好比抓人痒，恰当的是种轻松、幽默，可以逗人一笑，但是如果过火就会伤感情了。

跟我们的皮肤一样，每个人对于玩笑的忍受程度也不相同，我们必须因时因地因人而有所节制。这是一种礼貌，也是一种艺术。

偶然的涉猎

许多伟大的成就常起于兴趣，许多兴趣常起于自信，许多自信常只是因为比别人多那么一点点，许多比别人多的一点，都是由于课外偶然的涉猎。从小学到高中，每个人所读的课本都差不多，真正能造成明显差距的，常是我们在课外所获得的知识与经验，而这一点又常是造成我们兴趣、自信与成功的因素。

课本上的东西固然重要，课外的吸收更一刻不可停止。

距离

同样一棵树，艺术家看到也许会歌颂它姿态的美，植物学家看到可能要推算它的年龄与品种，至于木匠看到，恐怕就要想它是不是一块良材了。距离我们的生活愈近，愈容易带有实用的色彩。皮鞋店的老板常盯着过路人的皮鞋看，西装店的伙计常打量别人的衣服料子与做工，皮鞋与西装对于这两种人是不易产生纯美的。

美的欣赏需要距离，这也就是古人吃饭喝酒的用具能被我们陈列在艺术馆欣赏的道理了！

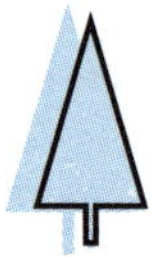

水的性格

人的性格就如同流水，水愈浅，流愈急；水愈深，波愈平；有的水表面起伏而内里宁静；有的水波澜不惊而暗藏漩涡；有的水是长河大江，浩浩荡荡；有的水是细流清浅，潺潺涓涓；有的水会一雨成灾，随四时晴晦而变；有的水能容纳百川，不滥不旱。

水深者未必没有漩涡，水广者未必不能成灾，能容百川、纳雅言、不随风起浪、不逞一时意气的毕竟不多。

利与弊

当汽车刚发明的时候，有人高兴地报告未来的福音："从此我们可以不再听马蹄的嘈杂声、嗅粪便的骚味——空气将出奇地干净，女士们的白衣服也不再会因为马尾巴的拍打而弄脏。"但是到今天却大不然了，街道上汽车争鸣，震耳欲聋，喷出的黑烟令人作呕，空气更是污染到了能危害人们生命的程度。

由此可知，世事很难如我们预料，凡有一利也常有一弊，只是当利刚产生的时候，我们不一定注意到弊的存在罢了！

眼睛

眼睛是灵魂之窗，最能表达人的情绪。“美目盼兮”“婉如清扬”“回眸一笑百媚生”“眼波才动被人猜”，文学作品中真不知道有多少形容眼睛的词句。戏剧里更有所谓“眼先引”，青衣含蓄，花旦乖巧，随着角色的不同，眼睛的转动也不一样，由此可知眼睛的修养是多么重要了。

眼睛贵在清、明、澄、澈，不染纤尘，不带造作。因为眼能传心，所以要想有一双美丽的眼睛，最重要的就是“思无邪”。

宁静

我们常用“宁静”这个形容词，狭义的宁静是指无声的沉寂，广义的宁静是指心灵的平适与造成平适的环境。

所以柔美的音乐使我们觉得和谐，森林的鸟鸣使我们觉得悠远，清雅的馨香使我们怡然陶醉，这也都是一种宁静。

风、云、水、山

十五岁是风，二十岁是云，二十五岁是水，三十岁是山。

诗是风，散文是云，小说是水，论文是山。

虽然风可感而不可见，云可见而不可捉，水可捉而难把握，只有山是沉厚而实在的，但云是风的面貌，水是云的凝结，山是水的故乡。没有风，云便不再飘游；没有云，雨便不再降下；没有水，山便将要枯黄。

亮、大、可以游

国画大师张大千曾经说过：一张好画应该合于三个条件，也就是第一要“亮”，第二要“大”，第三要“可以游”。所谓“亮”不是指光线，而是说画的体势不凡，放在许多画中，能使观众一眼就被吸引；所谓“大”不是指画面大，而是说能“小中见大”；至于“可以游”，就是要能耐人寻味，引人入胜了。

我觉得这三点除了可以形容画，也可以形容人。能有过人的气质，就能“亮”；能有恢宏的气度，就能“大”；能令人觉得亲切，就“可以游”。这三点不也能成为我们修身的准则吗？

出国线与回国线

许多人看相，都爱问有没有“出国线”，认为有出国线是最幸运的。但是我认为应该问有没有“回国线”，因为有回国线，必然是有出国的机会，只有出国线却可能流落异乡。人不论年纪多大，痛苦的时候常会叫“妈”；不论出国多久，重病时总会用自己本国的语言呻吟。青年时在异域虽可能因争逐忙碌而冲淡乡愁，但是随着年龄的增长，叶落归根的想法自然会愈加迫切。

“少小离家老大回，乡音无改鬓毛衰”，即使儿童相见不相识，总比葬身异域来得好些。所以有“出国线”不足喜，有“回国线”的人才真是幸运的人。

插花

会插花的人，即使是枯枝两根，凡花数朵，粗陶一皿，也能配置得典雅脱俗、清新悦目。

会生活的人，即使是粗茶淡饭，竹床藤椅，蓬门陋室，也能安排得宁静闲适、怡然自得。

咖啡室

在繁华的市区我们常可以见到幽雅的咖啡室，有着和谐的灯光与柔美的音乐，当我们跨入其中，街道上的喧闹就被摒弃在了厚厚的玻璃门外。这时我们可以坐在舒适的座椅上，一边啜着饮料，一边欣赏音乐，十分惬意。但是当我们工作的时间到了，推开门，迎来的又是一片嘈杂的世界。

现代人的宁静就是如此，不是遁隐山林，离开人群，而是在喧嚣与扰攘之间，寻找宁静。

伟大与渺小

我有一位朋友，非常喜欢登山，中国著名的山峰他几乎全登遍了。我问他登山有什么感觉，他说：“一则以喜，一则以悲，喜的是觉得自己很伟大，悲的是又感觉自己很渺小。”当辛苦登上山巅之后，看万物都在脚下，那种“会当凌绝顶，一览众山小”的伟大感觉是最快乐的。但是跟着举目苍天，俯瞰大地，又觉得在宇宙之中，自己是那么微不足道，而有“寄蜉蝣于天地，渺沧海之一粟”的悲哀。

历史上许多伟大的人物，事业愈是成功愈谦虚，学问愈是渊博，愈觉得贫乏，不也是这个道理吗？

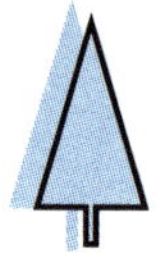

享受生活与生活享受

有人要享受生活，有人要生活享受，听来似乎一样，本质却大有不同。

享受生活重视的是精神，生活享受重视的是物质。知足常乐的人多半可以惬意地享受生活，贪婪富贵者却常不满于生活的享受。因为“享受生活”的人，“享受”由“生活”所带来，有生活，就有享受；“生活享受”的人，“生活”是由“享受”所堆成，没了享受，也就失去了生活的意志。就因这着眼点的差误，有人竟一辈子失去了“享受生活”的能力。

韶华不为少年留

我们在童年时代，对于光阴的过往，很少有感触。但是随着年龄的增长，时间对我们的价值也愈来愈高。尤其是逢年过节，总有时不我待、韶华不为少年留的感慨。

时间如同金钱，愈是懂得利用的人，愈了解它的价值；愈是贫穷的人，愈感觉它的可贵。问题是当我们富有时，往往不知如何利用时间而任意挥霍，真正需求的时候，时间却已经所余无几了。

心上的皱纹

随着年龄的增长，每个人都会生皱纹，只是生的位置不同罢了！有的人喜怒哀乐常显现在外面，脸上就易生皱纹。有些人善于压抑情感，表情变化不多，结果郁气成了垒块，就皱在了心中。

皱在脸上的人容易看起来苍老，皱在心中的人容易里面生病，两者相较，还是前者合于养生之道。

人造花

某日我在街上买了一束人造花，鲜艳的花朵、舒卷的叶片、袅娜的枝茎，放在案上，使单调的书桌平添了几分颜色，非常漂亮。但是过了不久，虽然它的花色依旧，却引不起我的注意了，因为总觉得它比真实的花少一分感触。

“人造花啊！你不用我浇水，不用我修剪，而且花色常新，应该比自然花完美得多。不过大概也正因为你不用照料，使我对你少一分情感；你不需整理，使我觉得少一分变化；更因为你不会凋零，使我对你美的存在少一分珍贵。对花、对人，这都是一样的啊！”

灵感是一张入场券

灵感是一张入场券，适时地把握，它可以领你进入广大的殿堂，欣赏一台精彩的戏，聆听几首优美的歌，或是巡礼一个最够水平的展览。但是如果不能适时把握，就可能只欣赏到一半，或者根本无法入场，即使进去了也已经是曲终人散。

切割水仙

过年的时候，许多人家喜欢养盆水仙花放在屋里。养水仙有一种切割鳞球的方法，经过切割的水仙，叶子不会太长而花开得饱满。不像没有切过的往往叶子长得太高，吸收了过多的养分，而无法开花。

教育不也是如此吗？在我们受教育的时候，常遭到师长的责罚，但是这正足以收敛我们的骄气，约束我们的心，以达到更高的成就。

艺术的眼睛

当美国航天员将要登陆月球的时候，会有人预测这个被人们歌颂了数千年的月亮，就将要失去它的朦胧与神秘，而变成了艺术领域的陈迹。但是时至今日，人类已经又几度登上月球，我们依然吟着“秦时明月汉时关”，想那“琼楼玉宇”“高处不胜寒”，月的阴晴圆缺也仍然引起我们的感触。

由此可知，艺术的眼睛毕竟与实用有一段距离。科学再昌明，信仰依然存在；现实环境再美好，仍然比不上我们心中所创造的世界。

阳光与年龄

有一天当我去上班的时候，正是艳阳高照，于是我躲在屋檐的阴影下等车，这时候邻居王老先生正由街心走来，并且老远就对我喊：“年纪轻轻为什么要站在阴影里呢？你要知道年轻跟年老的区别，就在于前者经常走在阳光里。我尚且不畏骄阳，你又为什么要瑟缩在屋檐下呢？”

真没想到阳光也能考验年龄，那是一句寓意多么深刻的话啊！

把握生命

三岛由纪夫和川端康成都是日本著名的作家，但是却先后自杀了，一个是切腹，一个是含煤气管。他们的死，据许多心理学家分析，可能是唯恐自己身体及创作能力衰退，而企图在生命的巅峰陨落，以留给世人最美的印象。其实一个伟大的人，除了要有创造喜剧的魄力，也当有接受悲剧的勇气，因为这正表现他对生命的了解。如同一位神箭手清楚地知道，不论自己射出的箭有多强，终会落在地上一般。

跑得动时做选手，跑不动时做教练，连教也教不动时则做思想家，直到无法思考为止，这就是把握生命的方法。

舞剑与戏水

怀素会因夜间嘉陵江的水声而草书更佳，张旭曾见公主担夫争路而笔势愈壮，吴道子看裴旻舞剑而作成天宫寺的巨作，王羲之更因见鹅戏水而悟出书法之道。

只要我们细心观察、体味，由许多平凡的事物中，都可以悟出很深的道理。

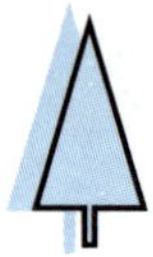

竹简与影片

同样是书，很早以前的人刻写在竹简上，后来的人印刷在纸张上，最新的方法则已经使用照相原理，拍成缩影的胶卷。所以同样是“学富五车”，五车竹简恐怕还写不了一部长篇小说，五车书本也不过容下数万本，五车缩影胶卷却能装下几十个图书馆的书。

随着时代的进步，我们所要接受的知识，何止千百倍于古人哪！

自然与人工

人是在大自然中孕育的，也是最能改造大自然的动物，所以在人类的情感中既有一种与生俱来的对大自然的爱，又有一种对人文艺术的亲和感。

所以同样是鱼，有的人爱吃生鱼片，有的人喜欢糖醋鱼；同样是虾，有的人欣赏活虾，有的人却要豌豆炒虾仁；同样是游览，有的人喜欢庭园布置、楼台水榭，有的人却偏爱原始森林、青峰浮云。

生命的钟表

我想许多人都会有一种感觉，就是每当出差旅行的时候，一天似乎变得特别长，甚至相当于平日的好几倍。这是因为在那一天当中经历的变化特别大，早上还在中国台湾，晚上可能到了韩国；早上还在车水马龙、熙来攘往的城市，晚上却可能在虫声阵阵、满眼烟岚的深山。

所以充实生活就是延长生命，时间的钟表固然是分分秒秒，生命的钟表却是点点滴滴。

气势取胜

我曾经读过一篇真实的报道："有位飞行员，单独驾驶飞机载运一头老虎。升空之后，突然发现老虎溜出了笼子，向他逼近。这时飞行员知道无路可逃，强作镇定，瞪着老虎，老虎竟不敢再向前走，而退回笼子，使飞行员化险为夷。"据心理学家研究，动物们常能敏锐地感觉到其他动物的情绪，当对方畏缩时，它就气焰高涨地攻击；对方强硬时，它反倒会觉得惹不起，知难而退。

由此可知，我们面临强敌时，即使实力不足，也当在气势上取胜。如果士气先败，实力再强也难以发挥。

剧终

人生就像是一场戏，落幕之后，我们重新走到舞台上，虽然台下的观众已经离开，台上的灯光也不再辉煌，但是当我们回想曾经获得的满场观众的掌声与赞叹，在剧终人散的凄凉中，总夹杂着一份满足的欣喜。

人生就是如此，没有几人会在掌声如雷的巅峰时代，骤然而逝。但是能在沉寂的老年，回忆光彩的过去，何尝没有一分苦涩的美感？

冲刺

在运动会里我们常可以看到，许多参加赛跑的选手，在终点冲刺的一刹那，突然跳起以求比别人快些。但是据专家研究，跳起来的速度反而比继续跑到终点的人慢。

在人生的战场上，许多人为了抢在前面，常放弃平实的奋斗，而企图一蹴成功，岂知这不但不能快，反而比别人落后了一大步。

投稿

曾在报章上投稿的人都有经验，当稿子投进邮筒，也就投下了一片希望。每天清早急着找报，看看有没有被发表。如果找不到，也许十分怅惘，但是接着又对第二天的报纸充满了希望，猜想明天会登出来。

如果人生像是写作，我们就该不断地投稿，不论今天遭遇如何的挫折，总会对明天充满着希望。

报岁兰

某年冬天，朋友送我一盆报岁兰，放在案上，真是馨香满室。但是不久之后，花期过了，只剩下单调的叶片，我则将之移至墙角，与其他的盆栽并列着，按时浇水施肥。

一年匆匆地过去，并列的盆栽一棵接着一棵盛放，只有那报岁兰，平凡得如同一棵大草，但是就在我几乎完全对它失去兴趣的时候，某日早晨，它竟然带给我万分的惊喜——又掬上了一室馨香。

兴高采烈地将它放在案上，我对报岁兰说："怀才不遇的人哪！只要你秉持志节，默默充实，是不会被埋没的。"

而那报岁兰也似乎对我笑着说："求才若渴的人哪！对于那怀才而少表现者，只要你充满信心地继续照顾，总会见到他发挥的一天。"

满眼荷花

我曾经访问一位擅长画荷的艺术家，问他怎样把荷花画得那么生动。

他说："画荷花不一定要整天拿着笔在池边写生，而应该静坐在荷池旁欣赏，看风中的荷、雨中的荷、春天的新荷、夏天的盛荷、秋天的老荷、冬天的残荷。久而久之你已经不知什么是我、什么是荷，而融入其中。摊开纸，自然满眼荷花，四季的烟雨一齐涌上，还怕画不生动吗？"

风筝

有一天我到孙中山纪念馆，出来的时候，看见许多孩子在广场放风筝，花花绿绿，非常美丽。当时我问一个放风筝的孩子：“放风筝有什么诀窍？”

“很简单！”孩子回答，“起初最费力，需要跑得快，风筝才会起飞。飞在半空中则必须随时注意风的变化，以免它突然栽下来。至于再往高飞，固然快而且稳，但是不能一味求远，否则线一断，就什么也没有了！”

人生不也是如此吗？青年时奋斗创业，中年时力求稳健，老年时节制平和。

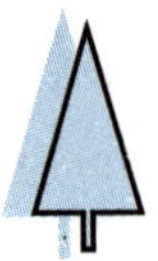

可以居

国画大师张大千生前曾在美国加州卡莫尔有一间画室，名叫“可以居”。“可以居”这三个字出自《中国画论》：“画可以观，可以游，可以居。”意思是说：当我们初看一张画时，常常只能客观地欣赏。然后将自己投入画中，就可以四处游览。至于自我完全融入之后，甚至可以居住在画里了。

面对一张好画，如果我们都能由“可以观”，而后“可以游”，最后“可以居”，也就能够达到欣赏的极高境界了。

买书

我想许多人都有一种感觉，就是虽然因为工作或事业的忙碌没有时间看课外书籍，但是每次逛书店，看到好书总是想买，而这正显示我们仍然有着追求知识的冲动。

人生也是如此，我们可以没有时间去享受生活，却不能失去对生活情趣的追求，因为这也正显示我们对于生命充满着希望。

空灵

提到国画，许多人都会想起“空灵”，认为空处必灵，灵处必空，其实是不对的。因为所有的空白，必须靠实体的衬托与暗示才能产生。譬如一张白纸上画一条船，空白处就变成了水；上面画一些山头，下面空白处则成为云。若没有这些山与船的衬托，云和水是不会产生的。

同样的道理，我们对于许多抽象事物的追求，都当由具体的东西开始。绝不可一味创造空洞的理想，而不拟定达到理想的计划。

今是而昨非

常听见一些艺术界的朋友讲，回顾自己某一年的作品，实在可笑，如果把那些时间用来从事这一阶段形式的创作该多好，但是如果再过两年他又会讲同样的话来否定现在了。似乎今天永远是对的，过去必然是错的。而不想想若不经过上一个阶段，他又怎么达到现在的地步呢?

我们固然可以“觉今是而昨非”，但不能因此否定昨天。固然可以说米开朗琪罗、董源、王维、李白不合时代，却不能否定他们的价值。不了解传统而一味想打破传统的人，是注定要失败的。

四个三十不等于一百二

有一位名企业家对我说，他过去总觉得时间不够用，每天往往要到深夜，才能把事情办完。但是自从学会了早起以后，用较短的时间却能办更多的事。原因是他过去每天九点上班，一边办事一边有电话的干扰，时间是被分割的，思虑也常被打断。而他现在每天七点就到办公室，至九点这两个钟头之间，非常安静而头脑清醒，办事的效率远超过从前。

最后他得出一个结论：对于时间效用来讲，四个被打断的三十分钟，绝不等于连续的两个钟头。

马一角、夏半边

绘画史里有所谓“马一角、夏半边”，马一角是指马远，夏半边是说夏珪，因为他们构图喜欢偏重于一角，让另一边空白而得名。近代北宗大师溥心畬也常有些作品，像是欲言又止，而被评为“剩山残水”，但是许多人反觉得更有味道。

艺术不同于科学，许多事情说完了，反不如点到为止，让观者存其心，自己想象来得境界深远。所以张彦远也说：“以形似之外求其画，此难与俗人道也。”

咖啡与牛奶

我曾经看过一篇医学研究报告，有二十个人分为两组，一组睡前喝浓咖啡，另一组喝牛奶，但奶里面放了比前一组多好几倍的咖啡精，然后叫他们去睡觉。结果喝咖啡的人多半睡不着，喝牛奶的人却能很快进入梦乡。

由此可知，我们许多时候表现得失常，都是由于心理的因素。所以愈是怕发生的事，愈容易发生，即睡觉之前唯恐失眠的人，八成就要失眠了！

得一善，则拳拳服膺

据心理学家研究，晚上睡觉之前背书，要比一大早读效果好。原因是：早上虽然头脑清醒，背书容易，但是跟着就有许多纷杂的人事，所以背起来的东西，很可能到中午便遗忘了一大半。而睡前所念的书，因为接着就是睡眠而没有其他的打扰，所以容易植根在脑海。

同样的道理，当我们辛苦获得一样东西之后，应该谨慎涵养，发扬光大，而不要急于展示，被流俗所染。这也就是《中庸》所记，“得一善，则拳拳服膺而弗失之矣”的道理了！

大象与鹭鸶

知名画家林玉山先生说过，他曾经看到一头大象用鼻子拔草吃，但是拔起来并不立刻放进嘴里，而不断地在腿上打，等到草根上的泥土都掉光了，才吃下去。他又有一次见到母鹭鸶喂小鹭鸶吃鱼，不慎鱼落在地上，母鹭鸶把小鱼衔起来，并不继续喂，而是走到水边，放在水里洗洗干净，再衔回去。

如果我们对于每一种动物的生活都能深入观察，就会发现它们许多天赋的智慧与慈爱，跟人类是一样的。

学讲话

有一位儿童心理学家对我说，近年来的幼儿，学讲话似乎都比较慢。主要是因为父母上班，把孩子交给托儿所带，孩子疏于照顾，学习的机会少；或是交给年老的长辈带，长辈们讲话太多而且复杂，孩子也不容易学习。

教育的道理就是如此：我们既不可以少教，使得学生没有东西学，更不能教得太多，混淆了学生的思考。能够适时而教，适可而止，不填塞、不躐等[1]，才能收到教育的宏效。

[1]躐等，逾越等级也。《礼记·学记》："幼者听而弗问，学不躐等也。"

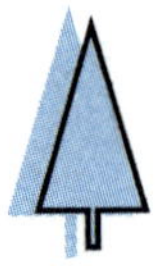

天下文章一大抄

我们常说“天下文章一大抄”，而看前人的句子确实有许多是抄袭而来，甚至一些千古名句也不例外。譬如宋代林逋的“疏影横斜水清浅，暗香浮动月黄昏”是来自五代南唐江为的“竹影横斜水清浅，桂香浮动月黄昏”，不过经林逋改动两个字，使写景太显明、不够耐人寻味的“竹影”“桂香”，变为意象朦胧的“疏影”“暗香”，就成了不朽之作。

由此可知：不论诗文书画，临摹前人是可以的。只要不泥古，而能另为手眼，自辟蹊径，自创新词，即使一笔一画超越前人，也就是创作了！

头发

我们在梳头的时候，常会惊讶自己掉那么多头发，而唯恐头发掉光，但是过了很久头发依然是那么多。这是因为看得到的头发不断在掉，不容易见到的也同时在生长。

一样的道理，我们对于许多事物往往只注意到那些明显可见的消长，却忽略了潜在蕴发的一切。

射箭

我曾经拜访一位神箭手，问他学习射箭的心得。他说初学射箭，一心注意身体的姿势、拉弓的动作，箭绝对射不准。再进一步则心里只想着怎样瞄准，也不容易射中。至于最高的境界，身体的姿态，拉弓与瞄准根本就不需要思考，而当自己的心与箭靶完全结合时，靶似乎变得特别大，也就能百发百中了。

所以我下了一个结论：射箭同于任何艺术，当技巧需要经过思考时，那只是普通的技巧；唯有技巧成为一种心灵的感应，才能神乎其技。

书法与做人

书法是我国的传统艺术，它能够表现我们的个性情感，更可以锻炼“定静”的功夫。学习书法最重要的是选帖，字帖选不好，毛病养成就难改了，所以即使是小学生练字也不能马虎。

选帖不但要求清楚，更当注意字的体势。有的字结构虽好，但毫无力量，最能令人甜俗；有些字劲拔有力，但过于夸张，最易使人刻板。真正的好字，应该是刚柔并济、敦厚含蓄的。

为人不也是如此吗?

武侠小说

我有一位朋友，很爱看武侠小说，不过他对我说他看书要选择，其中有三不看：主角不英俊不看；没有食灵芝仙草或得异人传授不看；结局悲惨不看。这当然有他选择的权利，但是假使谈到人生就不能如此了。

我们不应该只要求好的天赋，或一心希望神奇的机遇，更不可以因为畏惧明天的危险，而停止今天的奋斗。

改变

当我们注视钟表的短针时，很难发现它的移动，但是一天当中它竟然转了两圈；当我们注视一棵树的时候，很难看出它的消长，但是春天抽出了新绿，秋天却凋零了黄叶；当我们注视一个人的时候，很不容易看出表面的改变，但是孩子们长高了，青年人也逐渐添了皱纹。

时间在每一瞬飞逝，万物在每一秒改变，人更在每一刻走向老年，只是我们不知觉罢了！

取法乎中，进而求上

据我教学的经验，有时学生看名家大师的作品，反不如观摩高年级同学的好作品获益得多。因为有些名作境界太高，与初学者程度相差太远，瞻之在前，忽焉在后，不知如何取法，倒是看程度相近的作品，参酌比较，颇有所得。所以就教学的道理讲，我们固然可以说“取法乎上，仅得其中；取法乎中，仅得其下”，但就求学的过程而言却应该是“取法乎下，进而求中；取法乎中，进而求上”。

书法与篮球

有一位外国的篮球明星跟我一起看书法展，出来之后我问他感想。他说虽然看不懂书法的内容，却觉得很像打篮球。因为有些线条沉郁厚重，蓄势待发，如同运球；有些笔画，回转相连，前后呼应，如同传球；有些草书，运笔快速，龙飞凤舞，如同投球。书法的三昧，居然被他参入了篮球之中。可知天下事，固然种类有异，道理却常是相同的。

鞋子

我有一天逛鞋店，发现凡是样式入时、颜色鲜明，并且高跟的男鞋，价钱都较低，反而那些形色普通的矮跟皮鞋标价都不便宜，就问鞋店老板原因。

“前者是卖给年轻小伙子穿的，他们不求舒服也不问材料，只要求时髦，所以东西差容易坏，标价也低。至于后者是卖给中年人的，买主只求适体，不求耀眼，所以形式不特出，但材料好，价钱贵。”老板回答。

年轻与老成，这本质上的差异有多么大啊！

评论与论断

基督教《圣经》中有一句话："你们不要论断人，免得你们被论断。"[1]就因此，有人误以为凡是评论即是论断，以致对任何事情缄口不言。岂知论断的意思在此是武断、攻讦，而不是理智的分析、公开的评论。

评论是使人类文化进步的一项重要方法，它使我们提出个人的见解，也采纳别人的建议，更使我们深一步地检讨，推翻陈旧的形式。所以就评论而言，应该是："客观地批评，也接受他人的评论。"

[1]见《新约·马太福音》第七章第一节。

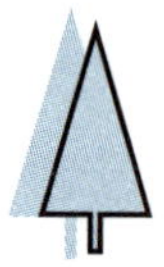

吃饭与穿衣

我们吃饭时，常常已经吃饱但碗里仍有饭，为了怕倒掉浪费，而勉强吃下去。但是当我们做衣服的时候，经常有剩下来的布，却很少为此而把衣服加大。

其实吃饭跟制装是一样的，穿衣但求适体，吃饭为求营养，衣服不合适难看，吃饭硬撑也伤身。所以“一粥一饭，当思来处不易；半丝半缕，恒念物力维艰”，是劝我们要有计划、量入为出，而非做不合宜的补救。

仙人掌

我前些时买了一棵仙人掌，上面正结着一个小蓓蕾，为了让它早日盛开，真可以说是悉心照顾、早晚浇水。但是过了一个月，花不但没有开，蓓蕾也凋萎了。伤心之余，我看仙人掌本身没有什么异样，想或许会再开花，所以仍然按时浇灌，直到有一天仙人掌的茎突然倒下，才发现它由根部腐烂，早已死去多时了。而腐烂的原因，是我浇了太多的水。

对于许多事物，我们常巴望早日成功，而给予过度的照料，结果产生了反效果还不自知，等到发觉的时候，却已经无法挽回了。为人父母、师长者，能不引起警惕吗？

石膏像

当我在师大美术系做学生的时候，教室里摆了许多石膏像，因为疏于照顾，上面落了许多灰尘，但灰尘是渐渐落上去的，看起来石膏像还是很白。直到某日工友用鸡毛掸子一掸，大家才惊讶地发现掸过的地方要比其他地方白得多，之后有同学用橡皮擦了一下，擦过的居然比掸过的地方还要白。

为人也是如此，当不良习性渐渐养成的时候，我们是无所感觉的，甚至彼此看来都还跟过去一样。只有当某一天回顾原来的“真我”时，才发现已经相差得太远，而且越是比较，越是心惊！

教书的法宝

当我在中国教书的时候，有一位同事对我说，他控制学生有两样法宝，一个是每堂点名，一个是监考严格。因为每次点名，所以学生不敢溜课；因为监考严格，所以没有学生胆敢作弊。但是另外一位同事也提到他教书的心得，他说因为经常为学生复习，加深记忆，所以学生考试用不着作弊；因为他充实教学内容，引发学生兴趣，学生认为不听课是一种损失，所以总是座无虚席。

以上两者效果似乎相同，做法上却是迥异其趣了。

气静神凝

我小时候看过一则故事：有个人拜师学射箭，但是师傅除了起初教他张弓、瞄准这些基本功夫外，后来只是在门上用线悬了一个铜钱，天天叫他站在远处盯着铜钱看。许多学生都因为耐不住而离去了，只有他依然遵照师傅的话去做，久而久之他觉得铜钱似乎一天比一天大，后来居然变得如他身体一样。这时师傅把弓箭交给他去射，“当”的一声，他才惊讶地发现，射出的那支箭已经穿过了铜钱。

这个故事给人的启示是：当我们学习时，最大的阻碍往往是精神不集中，唯有达到气静神凝的境界，才能神乎其技，也才能参透最上的禅机。

音乐

我有一位朋友每次看书的时候，都要听音乐。但是如果问他音乐的内容，他却说因为看书专心，根本就毫无感觉。我问那又何必要听呢？他说这是为了保持宁静，因为音乐的旋律是柔美的，可以掩盖周遭不和谐的杂音，使自己更容易专心念书。

人生不也是如此吗？在这个错乱喧闹的环境里，如果我们都能拥有使自己身心平和的事物，也就可以排除外界的干扰了。

逼出来的学问

我曾经拜访一位著名的作家，问他从事文艺创作的经过。他说起学生时代，一次偶然的机会出任校刊编辑，虽然那时他的文章并不比别人好，但是就在编校刊的过程中他不得不看别人的作品，有时文章不够，更逼得自己动笔。久而久之不但培养了自己对写作的兴趣，更进而锻炼出好的文笔，造就他今天在文艺界的地位。

由这个例子我们知道，许多伟大的事业，是起于偶然的机会；许多伟大的学问，是一步步勉强或者逼出来的。

无题

当我们看画展的时候，常责怪有些画标上“无题”的名字。其实这并没有错，因为画既然呈现在我们眼前，又何须题目去指引呢？如果他画的是冬天，我们自然会有冬天的感觉；如果他画不出冬天，即使题上“冬天”的画名，也没有用。

同样的道理，我们做许多事情，是不必向别人说明的，实质上的建立，远比徒具虚名来得有用。

自然与形式

文学与绘画是相通的，它们的变化也有类似之处，譬如《诗经》比较自由，但是经过“骚赋”“五七言古诗”到“律诗”就极端形式化了。再由诗而词而曲，到民国以来的“新诗”却又逐渐恢复自由。绘画发展也是这样，如果我们拿现代画家与原始民族的作品比较，常有相似的地方，但是唐代的“金碧山水”却很形式化。两者都是由自然而形式，又回归自然。这是因为过于自然常缺乏创意，过于形式又失之刻板。艺术是以各种形式描写自然，所以总在这两者之间参酌变化。

三、六、九

我有一位画国画的朋友，外号叫“三六九”。因为他如果以三个小时绘画，就得用六个小时作诗，再加上九个小时去欣赏。他的理由是：用六个小时作诗是为了得到画的神髓，能含不尽之意见于言外，否则把画上的东西再说一遍，显得毫无意义。至于用九个小时去欣赏，是为了深入检讨，否则下一张作品不可能有大的进步。

我想，如果我们从事任何创作，都能有他这种“三六九”的精神，是绝对能够成功的。

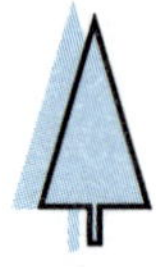

文学的寓言

我曾经看过一则文学的寓言，当混沌初开的时候，世界上只有四种人，也就是诗人、哲学家、科学家和商人。诗人感叹地说：“这个世界真是太美了！”哲学家讲：“上帝为什么要创造这个世界呢？”科学家想：“这个世界到底是怎么造的？”商人则说：“我真希望能拥有这一切。”

接着诗人作了一首诗，哲学家看了讲：“我终于知道上帝为什么要创造万物了！”科学家看了说：“这真是一件结构严谨的作品！”商人则高兴地讲：“这首诗如果印成书出版该多好！”

由这个故事可以知道：同一件事给予每个人的感觉是大不相同的，而人类的文化不也就靠着他们的创造、思考、分析、推展而日益进步吗？

当局者迷

当我们画素描的时候，常面对石膏像几个钟头也画不正确，但是此刻如果到外面放松一下，聊聊天，走动走动，然后回来再画，却可能一眼就发现原来的错误。这是因为当我们与一件事物接触太久之后，常会流于主观的固执，就如同我们常见不到自己亲人的错误一样。只有换个角度，做疏离的反省，才能很快发现问题的症结，这也就是“当局者迷，旁观者清”的道理了。

动如脱兔，静若处子

中国画论中有所谓“未动笔前，要兴高意远；已动笔后，要气静神凝”，自从从事新闻工作，我深深感觉这两句话也很适用于记者。因为当采访的时候必须要活跃快速，否则就抢不到新闻；至于回来写稿，则要安静地整理，否则就找不到头绪。

我想其他的职业也当是如此，在这个既要行动快速，又得思想冷静的时代，谁能做到动如脱兔、静若处子，谁就是成功者。

写生

当我带学生到公园写生的时候，常有人围观，我发现虽然在教室里程度差不多，但写生时怕人看的学生，总是急于表现，多半画不好。至于根本不理会四周，而按照自己计划慢慢描绘的学生，则表现都不差。

同样的道理，在这个人与人接触频繁的时代，我们固然有时要毛遂自荐，但是不能汲汲营营，为求表现，而失了步骤。凡急着在小处获利的人，多半不能成就大的事业。

东西画风

如果在以前有一群画家郊游，我们常很容易就能看出哪些是国画家，哪些是西画家。因为国画家常是纵目四顾，记丘壑于胸中，回去再加以整理；西画家则常是把握瞬间的光影，就地取材，当场写生。

但是现在画家们如果在一起，我们就不太容易分出来了，因为国画家日渐重视写生，而不愿落入古人的窠臼。西画家则力求更多的感性，而不愿跟照相机比写实的功夫。大概东西画风渐渐会通，也可以由此见出一端吧！

美与艺术

许多人认为所谓美就是艺术，其实是不对的。因为艺术的东西都美，美的东西却不一定艺术。譬如一盆插花可以很艺术，但是个别的花只能称得上美。油画很艺术，但是画油画的颜料却并不艺术。

所以艺术有个必要条件，就是经由人再创造的。那些不用思考、不注入情感，只想把自然物再现的人，不可能成为伟大的艺术家。

黑纸眼镜

眼科刚开完刀的病人，医生常给他们戴一种挖有两个小洞的黑纸眼镜，因为这样病人必须由小洞向外看东西，眼睛不会转动，反比把脸蒙上，病人合着眼皮转动眼珠，对伤口更有好处。

同样的道理，当我们心神不宁的时刻，找一件引发兴趣的事去做，要比枯坐在屋里，更能够产生安定的作用。

空前与绝后

当我们读历史，看到燧人氏钻木取火，有巢氏构木为屋的时候，常觉得很好笑。因为对我们来讲，那只是最肤浅的发现罢了。但是如果亿万年之后，谁敢说那时的人类看爱迪生，不会像我们对燧人氏、有巢氏一般呢?

世界上只可能有空前的事，不可能有绝后的事。就因为能空前，所以我们可以超越古人；就因为无绝后，所以未来比现在更进步。像燧人氏、有巢氏在当时能有空前的发现，也就具有他们不可磨灭的历史价值了!

劳者多能

我们常说“能者多劳”，其实也可以讲“劳者多能”。“能者多劳”是形容有能力者，需要他的人多，所以劳碌，也就是“聪明才力大者，服千万人之务”。“劳者多能”是说劳碌的人因为做事经验丰富，所以多能，也就是：“世事洞明皆学问，人情练达即文章。”

就因为能者多劳，又劳者多能，所以能者愈能；就因为愚者多怠，而久怠则愚，故愚者愈愚。能、愚之别，肯不肯“劳”实在是一个关键。

游泳

我有一位朋友最近刚学会游泳，我问他有什么心得，他说：“当我全身放松，水就把我托起来；当我一紧张，它则使我沉下去。我发现放松自己，竟是那么困难的事。”

人生不也是如此吗？许多事情如果我们心平气和、泰然处之，常能很容易地解决。倒是斤斤计较、战战兢兢，容易导致失败。如同游泳一样，“放松”应该是我们学习任何事的第一步。

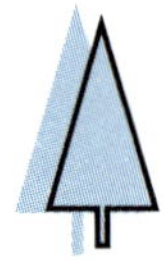

灯火阑珊处

我在教书的时候，经常问学生有没有去过外双溪的台湾“故宫博物院”，而每次令我惊讶的是，由南部来的学生多半都去过，一直住在台北的却有许多根本不会去。原因是南部来的学生，以前因为住得远，总向往着“故宫”，所以一到台北就赶去参观；北部的学生，因为“故宫”离家不远，心想什么时候都可以去，所以拖上好几年也没到过一趟。

毕加索曾对张大千说：“我奇怪有那么多中国人到巴黎来学艺术，真正的艺术应该在中国。”人们总是如此，愈是容易获得的东西，愈忽略它的价值，所以当我们艳羡别人瓶中花的时候，应该先想想自己屋后美丽的庭园。这也就是王国维所说“众里寻他千百度，蓦然回首，那人却在，灯火阑珊处”的境界了。

为文与开山

写文章就如同开山路，起初是披荆斩棘，一词一句细细地推敲。既而开出来一条小路，也是坎坎坷坷，佶屈聱牙[1]，险怪奇丽。只有真积力久，才能成为坦荡大道，平实宽广，敦厚含蓄。

[1] 佶屈聱牙：书文辞艰涩，不易诵读也。

学脚踏车

我们在学脚踏车的时候，经常找一个人在后面扶，有时候扶的人放了手，我们不知道，就依然平稳地向前进。但是如果突然发现后面已经没有人，则往往乱了方向，摔倒在地。

在教育的过程中，师长就如同后面扶助的人，应该在适当的时刻放手，让子弟学习独立。另一方面，为学也就好比骑脚踏车，当师长不在我们的身边时，面对眼前的一切我们必须镇定冷静掌稳龙头。

诗比历史更真实

诗人们常说："诗比历史更真实。"我想这句话的意思，应该是诗更逼近于人的心灵与情感。所以英国著名的文学批评家罗斯金 (Ruskin) 会说："莎士比亚戏剧之所以完美，是因为他描写不变的人间性。"不论哈姆雷特的犹豫、奥赛罗的怀疑，或是李尔王的固执，虽然年代久远，仍然可以在我们身边见到，也给予我们一种现代的真实感。

艺术、音乐、文学不都是如此吗？今古人相隔千百年，通过作品，仍然是心有灵犀一点通的。

读书的气氛

我有一个学生，每天都要走很远的路到图书馆念书，我问他家里是不是太吵，他说只有一个人。我问他是不是要借参考书，他说自己都有。我说那又为什么要老远上图书馆呢，他说因为家里没有人，就容易打瞌睡，在图书馆里大家都念书，自然不敢不振作。

由此可知，读书的环境、气氛有时更重于安静。

潜能

常听人说："不平凡的人，都有不平凡的遭遇。"其实我们更该讲："不平凡的遭遇，常能造就不平凡的人。"

岩石间的树根，总是长得特别苍劲；沙漠里的种子，常能在偶然有水时快速萌发；极带的苔藓，可以经历长期的干寒，而依然存活。生物既然被环境哺育，就当然受环境的塑造，只是一般动植物，唯有在适应的机能上被锻炼得更坚强，人类却能在精神、意志上，被塑造得更伟大，这也就是"草木不经霜雪，则生意不固；吾人不经忧患，则德慧不成"的道理了。

独立思考

我每次逛书店，看到近年出版业发达，著作丰富，总感慨现在学生的福气，有那么多好书可看，而不必辛苦地自己动手找原始资料。但是在教书时，又叹息现在学生的思考和创造能力，似乎并不比以前的人强。究其原因，只为如今的好作品太多，学生们直接采用别人现成的说法，而疏于独立的思考。知识愈容易得到，愈不去重视，既觉得满足，就再难有进步了。

禽鸟无欺

一位欧游归来的朋友对我说，有一次她在伦敦的公园里，看见许多人拿着食物喂鸽子，也就装作手里有食物的模样，引诱鸽子过来。但是被旁边一位老太太看见，就责问她为什么要骗小动物。

我们常说“童叟无欺”，更将《曾子杀猪》[1]的故事传为美谈，但是那位英国老太太能“禽鸟无欺”，似乎又进了一层。

[1]出自韩非子的《曾子杀彘》，大意是曾子之妻到街上去，孩子跟在后面哭。母亲就说：“快回去，等会儿给你杀猪吃。”曾子之妻由街上回来后，曾子对孩子守信，果然把猪杀了。

画展

我有一位艺术界的朋友，经常开画展，我问他开画展有什么好处，他说，平常很少把自己的作品加以比较，即使偶尔拿出来排列着欣赏，也不过几张而已。但是开画展时，有数十张作品放在眼前，可以很明显地见出自己画风的变化与缺点，而加以改进。

为学做人不都是如此吗？我们对于过去的事情很少拿来思考，即使有，也常专对一两件事，不容易有大的发现。唯有当我们做通盘的检讨时，才能发现自己的错误。

气温与学问

风大的时候不一定凉，无风的时候也不一定热，最重要的是气温。

能说善道的人不一定渊博，沉默寡言的人也不一定贫乏，最重要的是学问。

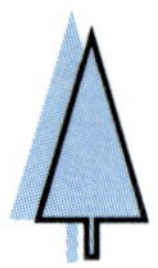

旧书

我有一位老教授，学问非常好，深受同学们的敬重。但是有一天，大家到他家去玩，发现教授书架上的书并不是很多，就问教授：“难道您只读了这些书，就能成那么大的学问吗？”老教授笑了笑，从书架上拿下一本书说：“我唯一跟你们不同的是：你们的书往往前面翻得很旧，后面却是新的。而我的书则愈到后面翻得愈破。”

这句话听来简单，意义实在是太深了。也就是说，一般学生读书往往缺乏恒心，以致虎头蛇尾，老教授却能向深处钻研，所以有丰富的收获。

理想与堕落

我有一位朋友，具有令人羡慕的职业和相当高的收入，但是在办公室里却显得很孤独，我问他为什么，他说因为同事们月月领取高薪，生活富裕满足，每天下班多半成群结队地出去玩，但是他常在家看书写作，所以不容易打入同事们的圈子。

我固然不能说他的这种做法绝对正确，却不得不同意他所讲的一句话：“人若没有更高的理想，便容易在现实中堕落。”

发挥潜能

失明的人常富于音乐才能，失聪的人常具有美术天赋，因为他们有着失明失聪的缺陷，而在另一方面发挥潜能，产生了补偿的作用。所以有些人在正常时对音乐美术毫无天赋，但是不幸失明或失聪后，却发现自己具有强烈的音感和艺术表达力。

由此可知：我们天生有许多才能，只在逼不得已时才去发掘，所以难显现。假使我们能如盲者对音响、聋者对形色般专注，自然能有惊人的表现。

宁为牛后，勿为鸡口

我们常说：“宁为鸡口，勿为牛后。”其实这句话不一定对。因为在县运中跑得最快的人，到省运很可能殿后；省运中的冠军，在世运中也未必出头。天外有天，人外有人，我们随时都可以为鸡口，也随时能成牛后。有时正因为做牛后，才激发我们的进取心。常为鸡首反倒容易自满，而消磨了志气。

为了追求更高的境界，为了学习被领导，我们应该说：“宁为牛后，勿为鸡口。”

盲与聋

许多人都会想，如果失聪的人跟失明的人在一起，应该是最好的了，因为失聪的人听不到，失明的人看不见，两人在一块儿则可以彼此弥补。但是事实却大相径庭，据盲哑学校的老师说，失明的人跟失聪的人在一起的，几乎没有。因为失聪的人多半都哑，看到了却说不出；失明的人听到了说出来，失聪的人又听不见，两者在一起，彼此毫无帮助。

由此可知，许多我们表面看来可以两全其美的事，真正做起来，却可能与理想相差甚远。

眼观鼻、鼻观心

我们学写字的时候，常听人说要“眼观鼻，鼻观心”。又讲“执笔要手中能握蛋，且握笔要有力，别人由后面乘其不备抽笔也抽不掉”。其实这几句话的意思并不能停留在表面，而是有所比喻。“眼观鼻，鼻观心”是说要“气静神凝”；“手中握蛋”是讲手指要灵活运动，不可死死握拳。至于握笔有力，则是指要力贯笔尖，锋透纸背。如果只照表面的意思去做，非但不可能写好字，只怕还会变成斗鸡眼和僵硬的功夫架子呢！

庸人自扰

有一位客机的驾驶员对我说："在我们来看，你们这些乘客真是最妙的了。有时飞机毫无问题，只是碰到一些坏气流，你们就紧张得要死；有时飞机发生故障，驾驶员急得满身冷汗，你们却在后面嘻嘻哈哈，悠然自得。"

在许多团体当中不也是如此吗？有时天下太平，却有庸人自扰，造谣生事；有时真正遭遇了危险，许多人反倒毫无所感，泰然处之。不过也正因为庸人自扰时没有实在的困难，所以团体不受影响；真正在危急关头，下位的人又能若无其事，使得领导者可以专心应付，渡过难关。

生命的价值

西洋后期印象派大师梵高的画，我想许多人都看过了。他那炽热的色彩和充满律动的线条，给予我们强烈的感受。梵高有着坎坷的境遇，虽然从二十七岁才正式走上画家的道路，三十七岁就过世了，但是仅仅十年间却留给我们许多不朽的作品，在艺术上的成就，较之活到九十多岁的毕加索并不逊色。

由此可知，生命的价值不在于长短，而在于那段时间中所建立的一切。这也是王勃、李贺，享年不过三十，却能扬名千古的原因了。

釜底抽薪

小学课本里曾经有两则故事，都是众所熟知的。一个是讲司马光小时候跟许多孩子在花园里玩，园子里有个盛满水的大缸，其中一个孩子不小心掉下去了，别的人都吓得跑开，只有司马光赶快拿起一块石头把缸打破，救了那个掉在其中的小孩。另一则故事是父亲把苹果放在地毯中间，问孩子们谁能不用东西钩，又不踏到地毯，而拿到苹果。多数的孩子想尽办法伸手去拿却都徒劳无功，只有一个最聪明的，走过去把地毯卷起来，取得了苹果。

由这两个故事，我们可以得到启示：做许多事情，如果我们只注意目的，而不想过程，就好比只会扬汤止沸，而不知釜底抽薪，则终归失败。唯有能洞观事理，从根本着手，打破溺人之缸，翻卷阻我之毯，才能冲破险阻，获得最后的成功。

只能错一次

每个人都会掉牙齿。我们在童年的时候，乳齿掉了，父母会安慰我们说："还会长出来的。"但是到成年，再掉牙齿，就只好配假的了。

许多事情做错还能挽回，但是挽回后再失去，就永远无法恢复了。

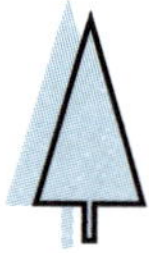

塑制与雕刻

我有一次参观水晶玻璃工厂，看见工人用金刚砂轮一条条刻磨着花纹，就奇怪地问为什么不在制模型时一并塑造，而费这么大的力气。

“我们早就想到了，但是先用模型塑造的花纹，总比不上后来一条条切磨出的光彩。”工人回答。

做学问不也是如此吗？学校里塑造的，常不如进入社会中历练所获得的深刻。

吴道子与李思训

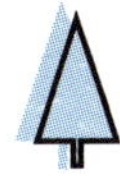

吴道子和李思训都是唐代著名的大画家，据说玄宗有一次命他们两个人同写蜀道风景于大同殿，吴道子画嘉陵江三百多里山水，一天而就，李思训却花了几个月的时间才画完。

许多人看到这则故事，都笑李思训太差，而一心向往吴道子的境界。其实这只是表现方法不同罢了，吴道子固然有才，如果力不足，也是徒然；李思训速度虽慢，但依然能创作出千古不朽的作品。所花时间虽不同，价值是一样的。这也就是李白能“笔落惊风雨，诗成泣鬼神”，杜甫却“借问别来太瘦生，总为从前做诗苦”而同样享有诗坛最高地位的道理了。

由奢入俭难

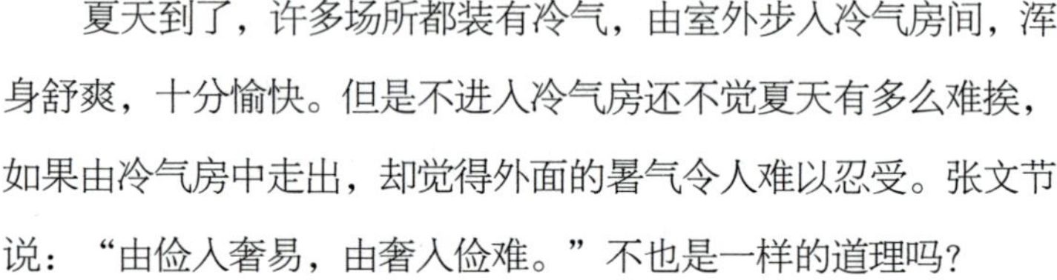

夏天到了，许多场所都装有冷气，由室外步入冷气房间，浑身舒爽，十分愉快。但是不进入冷气房还不觉夏天有多么难挨，如果由冷气房中走出，却觉得外面的暑气令人难以忍受。张文节说：“由俭入奢易，由奢入俭难。”不也是一样的道理吗？

树大招风

当台风过后，我们常可以看到高大的树木被连根拔起，所以一到台风季节，有大树的人家就要修剪枝叶，以免树大招风。

为人处世不也是如此吗？我们要更上一层楼，就应当时时修剪、涵养柔德、自我检讨。

追求知识的冲动

在我教书的过程中发现，年纪较长的学生，学习和创造的能力非但不比年轻人差，而且常有过之，尤其是那些幼年失学的人，更有卓越的表现。这固然一方面是因为他们特别用功，但也由于他们常具有比年轻人更强的学习冲动。过去苦于不懂的，现在急于了解；过去的抱负，现在急于实现；过去感受到却表达不出的，现在都一股脑儿地涌上了笔端。

所以学习不受年龄的限制，关键是有没有追求知识的冲动。

不良成年

有一位中学的训导主任对我说，大家总是讲如何取缔不良少年，其实更重要的是取缔不良成年，因为不良少年常是由不良成年造成的。桃色文字是不良成年写的，低级场所是不良成年开的，不良少年的父母更是常疏于管教、耽于游乐。

成年人能不以此自惕吗？

现在就做

有个人晚上去拜访一位富翁，请教发财之道，富翁在答复他的问题之前说："让我们先关了灯再谈吧！"

有一个学生去拜望一位教授，希望知道怎样才能做到如教授般有学问，教授半句话也没讲，只是把他正在看的书交到学生手里。

以上虽然只是两则小故事，却给我们一个深刻的启示，任何事要想成功，最重要的是：现在就做。

信、达、雅

随着科学的进步、交通的发达，为了沟通知识与意念，翻译的工作愈来愈重要。翻译必须合于三个条件，也就是“信”“达”“雅”。“信”是诚信，“达”是通达，“雅”是典雅。

对原作不信，所翻译的会失真；表现得不达，别人就难以了解；信达而不雅，则不够生动活泼。三者比较，“信”最重要，“达”是其次，“雅”为第三，翻译如此，为人处世的道理不也一样吗？

考试

我们的留学生在海外多半都能获得相当好的成绩，这固然是因为他们肯用功、水平高，但是据分析，中国的学生从小就经常接受考试，对于考试的状况特别能适应，试场上情绪稳定也是其原因。所以即使原本与外国人一样的水平，考出来的成绩常高出很多。

国家不也是如此吗？同样的冲激，对于历史短暂、升平已久的国家来说，很可能造成一片混乱而难以维持。而久经风霜、历经兵燹的人民，却能处变不惊、沉着应付。

认定目标

某年夏天，我住在乡间，每天下午四五点钟，总看见一个十岁左右的孩子在门前草地上捕蜻蜓。似乎那是他日常的功课，除了刮大风、下大雨，从不例外。有一天我走过去问他，为什么对捕蜻蜓这样感兴趣？这个小男孩眨着一双大眼睛说："我喜欢蜻蜓，我天天都研究蜻蜓，几十年后我一定能够成为蜻蜓专家，我还要写一篇论文，获得博士学位。"

谁能说他的话不对呢？成为专家、获得博士学位并不难，只要我们能认定一个目标，有恒地去做。

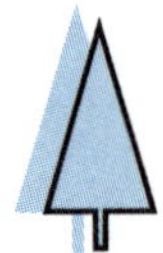

赞美与关怀

聪明的领导人都知道，对属下平凡事物的小小赞美与关怀，所获得的效果，常超过大量物质的给予。因为领导者看来微不足道的小事，下位的人却常视为生活的全部；领导者略略的关怀，属下却能觉得自己被重视；领导者几句话的称赞，更可能成为属下最高的荣誉。

如果你想成为成功的领导者，请不要吝啬你的赞美与关怀。

视与听

视觉与听觉都是我们不可少的，但是如果不得已而去其一，绝大多数的人都宁愿保留视觉。据心理学家的研究，一部电影如果没有了声音，人们还能获得七分的感受；如果失去画面，只留下音响，大家就仅能感受三分了。捷克更有一句谚语：“买东西的秘诀是多用眼睛，少用耳朵。”

要想使别人信任自己，最重要的是少说给他的耳朵听，多做给他的眼睛看。

逆流容易顺流难

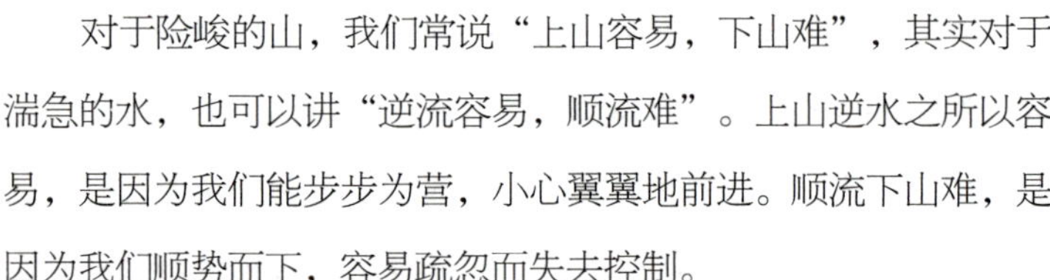

对于险峻的山，我们常说“上山容易，下山难”，其实对于湍急的水，也可以讲“逆流容易，顺流难”。上山逆水之所以容易，是因为我们能步步为营，小心翼翼地前进。顺流下山难，是因为我们顺势而下，容易疏忽而失去控制。

为学不也是如此吗？当我们向上钻研的时候，事事考证，处处思索，很少有差错。至于创作发表时，虽可能下笔万言，痛快淋漓，却极容易发生错误。

困顿与成功

有一位著名的演员，当她刚跨入电影圈的时候，与一家公司签了三年的合同，但是等了两年都没有让她拍片，直到第三年制片人才找她主演一部电影，她也就因此成名。这时候她很抱怨地对制片人说：

“如果你早用我，我早就成名了！”

制片人却一点也不生气地讲：

“就因为我不用你，使你观摩了两年，才能有如此的演技。也就因为你忍耐了两年，才得以一展所学，所以有如此淋漓尽致的发挥。”

由此可知，成功者在未成功之前的困顿，常是他反省与积蓄力量的时刻，这也就是“雌伏只为雄飞”的道理了。

奇莱山

“奇莱”是台湾著名的高山，但是先后已经有许多年轻人登奇莱山，因为天冷迷途而丧生。为此我特别找到一位经常登山的学生，问他是不是已经把登奇莱山从他的计划中删除。但是他居然毫不考虑地回答：“我事先会做周详的计划，而绝不能放弃自己的理想。我不能因为别人倒下，就怯懦地停止前进。当我攀登得动的时候我就要攀登，因为这是我年轻的权利。”

人生的战场上，不也是如此吗？

一小步与一大步

美国航天员跨上月球第一步的时候曾经说：“这是我的一小步，却是人类的一大步。”因为全人类科学家的努力使他跨上月球，也因为他登上月球，实现了数千年人类的愿望。

其实在许多方面，我们的一小步，都可能是别人的一大步。当婴儿刚学会走路时，他走出的第一步使父母欣喜。当龙舟竞渡时，站在船头夺标的人只一伸手，就能让全船人同心协力。当棒球国手在世界比赛中轻轻一挥棒，就可能实现所有关注者的希望，这一小步怎么能不小心地走呢？

轻视

我有一位朋友，参加各种营队的比赛总能获胜，我问他有什么秘诀，他说："很简单！因为我有认床的毛病，每次参加活动，头几天总会失眠，失眠后无精打采，别人就不把我放在眼里。但是到后几天比赛的时候，我已经能安睡自如了，在别人失去戒备的情况下，所以能取胜。"

由此可知，要想战胜别人，最好的策略是先使对方看轻自己。反之，当我们轻视别人的时刻，也正是别人击败我们的危急关头。

夜盲症

缺乏维生素 A 的人容易患夜盲症，平时与一般人无异，一到夜晚走路，就会东西不分、踬踣不已。

缺乏正义感的人容易患寡德症，平时与一般人无异，一到义与利抉择的关头，就会见利忘义、损人利己。

可塑性与涵纳力

一位牛津大学的学生对我说，当他报考牛津大学的时候，具有决定性的三次口试表现都不好，他却意外被录取了。事后主考官对他说：“你之所以被录取，是因为我们的考试不是测验你过去学到了多少，而是你以后能接受多少。因为你的过去非常短暂，不够的可以补足，将来却非常久远，必须有可塑性与涵纳力才能吸收。”

这种考试与教育的观念，真是值得我们借鉴的。

钟表的修养

好的钟表不论发条上得紧或松，速度总是一样准确，不会因为刚上完发条就走得快，隔了一阵则变得慢。

有修养的人，不论贫富显没，总是保持一定的风范，不会因为一朝得势就骄矜自满、气焰高涨，也不会因为穷困怨天尤人、萎靡颓唐。

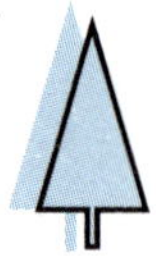

感性与机械

有一位在美国学摄影的朋友对我说，中国人与西洋人摄影最大的不同，是中国人喜欢凭经验，用肉眼判断，西洋人则无论经验多么老到，总要使用测光表。所谓“中国人相信感觉，西洋人相信机器”。也正因如此，最有灵感的影片常是中国人拍的，百密一疏的拙劣作品也常出自国人之手。如果我们能以中国人的感性，加上西洋人机械的辅助来摄影，就所向无敌了。

教育与讨好

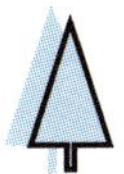

做电视节目有两种观念，一种是“他爱看的东西，演给他看”，一种是“演给他看，并使他爱看”。而真正的好节目，应该是包含这两者在内的，因为前者是讨好观众，后者是教育观众。只讨好观众，节目易陷于流俗；只教育观众，又常不易被接受。唯有两者并进，才能在不经意间提高国民的知识与欣赏水平。

文学、美术、音乐，莫不如此。

起个大早，赶个晚集

中国有句俗语：“起个大早，赶个晚集。”在我们生活中经常有这样的事发生。有时候起床很早，看看表离上班的时间还远，做事就变得迟缓，及至赶到办公室，恐怕不但不比平常早，还要迟了许多。

时间的充裕、环境的美好，常会让我们精神松懈而失败，这也就是“生于忧患，死于安逸”的道理了。

不修边幅

提起画家，许多人都会想到他们蓬头垢面、衣衫不整、满身油彩的样子，甚至认为只有这样才够艺术家的格调。

其实艺术表达应该是极端沉静的活动，唯有去除周遭的纷杂与心中的焦躁，才能做到完全发挥，所以古人绘画先要明窗净几，才能神清气朗。倪云林每天更要拂拭衣帽几十次，才觉得心情愉适。至于画家偶尔不修边幅，只是因为专志于创作，无暇顾及。如果故意弄得满身油垢、披头散发，这份造作就不配做艺术家。

谨毛失貌

有一位著名的画家说："我宁愿与诗人为友，也不愿同画家交往，因为画家总是议论作品的色彩、构图，却很少深入作品的精神境界。诗人对技巧虽不了解，但也正因为如此，他们所说的都是心灵的感受。"

当我们对一件事情接触久了之后，常会钻牛角尖，谨毛失貌[1]地注意那些微末的枝节，反而忽视了事物的根本。

[1] 汉・刘安《淮南子》："寻常之外，画者谨毛而失貌。"高诱注："谨悉微毛，留意于小则失其大貌。"

灵感的云雀

文学家有灵感时，可以立刻写成文字；音乐家有灵感时，可以马上谱成曲；艺术家有灵感时，可以赶快作成画；而一般人有了灵感，却任其飞逝。

灵感就像是一只云雀，突然飞落到我们的窗前，有些人能及时抓住，使别人也欣赏到它动听的歌声；有些人只能任它飞去，留给自己短暂美好的印象。

行动

当我问朋友："你会游泳吗？"答案常是否定的。但是当我问："你有游泳衣吗？"答案则多半是肯定的。

我们做许多事情，常有兴趣、有准备，却没有行动，即使有了行动，也常是半途而废。

屡败屡战

有一位年过花甲的考生，连续十次报名大专联考美术系，可以说是“屡败屡战”，而当我问他如果今年再失败，是不是还有勇气卷土重来的时候，他竟毫不考虑地说：“如果我落第，从放榜的那天开始，我就要准备明年的考试，在我有生之年，一定要考上。”

当我们遭受挫折之后，常需要经过一段时间，才能鼓足勇气，重新站起来。能够在失败的时刻，就面对下一场战斗，实在是不容易的事。

比下有余，比上不足

我们常说：“比上不足，比下有余。”这句话如果换个方式讲：“比下固有余，比上仍不足。”感觉就大不相同了。

在生活的享受上，我们应该常想前者，知足常乐；在学问的追求上，则应该常念后者，学无止境。

鱼与熊掌

出于时代进步的需要，许多平房都改建了楼房，甚至不少楼房也拆掉重建为更高的大厦。原来的房子之所以要全部拆除，很少是因为破旧不堪，而是为了使土地发挥更高的效用。

同样的道理，在我们生活当中，许多事物需要全部更新，并不一定是原有的不敷应用，而是为了追求更高的理想。这也就是鱼并非不好吃，但是与熊掌不可得兼时，只能舍鱼而取熊掌的道理了。

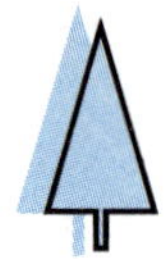

缺陷与优点

有一个学生找我学素描，但是他的手很容易出汗，炭笔素描又常需要用手涂抹，很容易就把纸弄脏了。我多次劝他改画水彩，他都坚持不应。没想到过了半年多，他的素描不但不脏了，而且比别的学生画得更好。原因是他尽量避免擦抹，而用手指在画面上压。手上有汗，压的轻重不同，就能粘起不同分量的炭粉，造成比别人更丰富的色阶。

由此可知，我们天生异于一般人，而被认为是缺点的地方，如果善加分析把握，反倒可能成为一种先天优越的条件。

人生的旅途

经常登山的人都有经验，在曲折坎坷的路途上，不能多讲话，也不可以稍感觉疲劳就坐下休息。因为多讲话会浪费体力，愈休息会愈想休息，反而更加疲倦。

人生的旅途不也是如此吗？我们不能浪费太多的精力在无谓的事物上，更不可以因为稍受挫折就止步观望、自我安慰，而应该以稳定的步伐、坚忍的意志，朝既定的目标前进。

计划的生活

现在的衣服不像以前，形式与色彩的变化愈来愈多，每次买领带，总要考虑到色彩花样跟衣服配不配。

现在的建筑也不比从前，造型与格局各有特色，不论买家具或手工艺品，总要考虑放在室内是否协调。

现在的生活更不比农业时代，播种、插秧、收割，有一定的步骤，而是各有各的变化，必须加以计划，才能适应不同形式的生活。

助人与自助

有两个人结伴登山，突然遇到寒冷的天气，加上饥饿疲惫，使得其中一人不支倒地。另外一个虽然也累得难以支持，但是为了救自己的朋友，拼全力终于把朋友背下了山。而也正因为他背负一个人，使自己充分运动，才免于被冻死。

当我们助人的时候，常在无形中也帮助了自己。

贝壳的联想

孩子们在海边总爱捡贝壳，回来把贝壳放在耳旁，说听到了海涛的声音，仿佛自己又走到沙滩上。其实如果放个杯子在耳边，也是一样的，但是总觉得只有贝壳才能造成那种潮汐的音响。

成年人不也是如此吗？夹在书本里的一片变了色的枫叶，能使我们回到故园的深秋；压在箱子底的一顶破了边的呢帽，能使我们忆起北国的隆冬；即使是一个书包，也能令我们想起自己的学生时代。就因为有那么多曾经新过，而现在已经陈旧的东西呈现在我们眼前，才能使我们深切地感觉到，时间溜走了，人事变化了，自己也跟着大了、老了！

反焦点

聪明的演讲家，不伸手看表，免得听众也跟着看表；不流目场外，免得听众也随着左顾右盼；尽量避免咳嗽，免得听众也跟着清喉咙，因为这些动作都足以分散观众的注意力，减弱演讲的力量。

同样的道理，在我们的生活当中，应当尽量避免自己成为自己的“反焦点”。因为意志不够集中，态度不够坚决，都足以减弱我们的影响力。

化妆

教化妆的书上常说：如果嘴长得不美，可以强调眼部的化妆；如果鼻子长得不好，可以加重唇部的化妆。对于难以遮掩的缺点，加强其他部位的优点，就能够将别人对缺点的注意力带开。

为人处世不也是如此吗?

成功之父

当我们挖井的时候，每下一锄之前，总是想会有水冒出来，而当挖下去并不如愿的时候，又会想下一次可能成功。于是不断地向下挖，等到水真正出现时，才惊觉自己居然已经挖了那么深。

我们成就许多伟大的事，都是因为对上一步的失败不气馁，对下一步的来临充满希望。

因此可以讲："失败为成功之母，希望是成功之父。"

盲从附和

我们考试的时候，经常时间还早，但是当别人都出了场，自己也就变得浮躁。虽然还有充裕的时间，也静不下心答题，结果跟着草草交卷，影响了应得的分数。

人都有一个弱点，就是盲从附和，只为群众所趋，而放弃了自己眼前应得的东西与需要坚持的道理。

不矜细行

一位著名的影评家对我说：看一个导演的功力，只要注意他影片中的细节就能知道了。因为任何一个临时演员的走动，一件道具的放置，都需要经过导演的安排。好导演不单注意主要演员的表演、镜头的运用与剪接，连一点微末的枝节也不会放过。有时一部影片主题部分虽拍得很好，只因为导演忽略了小处，而显得美中不足。

不矜细行，终累大德。为人不也是如此吗？

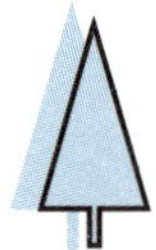

煮汤的哲学

最近我在街上碰到一位以前同在教育单位、现已出嫁而忙于家务的女同事，就开玩笑问：“在厨房里这一阵子，对教育有什么领悟吗？”

她笑嘻嘻地回答：“有！当我在煮汤的时候，需要依照材料的性质先后往下放，而每当汤开了，有冒出锅外的危险时，只要加入下一样材料，就会复归平静。”

教育的道理，不正是如此吗？我们需要依照教材的深浅排定次序，而每当学生自满时，就教给他一些新的知识，使他更充实而且谦虚。

清峻

谈到嵇康，就令人想起他的绝响《广陵散》。其实嵇康的诗也是相当著名的，刘勰曾评他“嵇志清峻”，清是“清远”，超于象外的境界，峻是“峻切”，讦直露才的表现。

清峻可以形容诗文、书画，更可以形容我们处世的态度。年轻人冲劲大，难免才气外露，不够含蓄，但是能有高洁的志行，峻切也就不失为一种率直的表现了。

书画同源

一般人常说“书画同源”，而认为书画同源就是因为中国文字源于象形。其实中国人写字与绘画的“文房四宝”完全一样，文人又常在舞文弄墨之余作画，自然把书法的用笔带入画中，更是一样重要的因素。这也就是西洋人多半以钢笔、墨水在纸上写拼音文字，用油彩、刷子在麻布上作画，而不会“书画同源”的道理了。

肯定的态度

有一种医生，医术不见得高，但是判断病情的口气肯定，绝不犹疑，似乎什么病都逃不过他的法眼，而这种医生常能有很好的治疗效果——因为病人信任他。

许多领导人也是如此，言出必行，毫不迟疑，虽然看法不一定最高明，但总能把事情办成功——因为部属信任他。

当机立断

有一个猎人在森林里设置了兽夹，第二天发现上面只夹了一条野兽的血淋淋的腿。原来这头野兽被夹到之后，自知无法挣脱，为了保全生命，竟一口口咬断自己的腿以求逃脱，想来是多么残酷可怕的事。

其实在我们的生活中也常有类似的情况。被毒蛇咬了需用刀把伤口深深地切成十字，再将毒液吸出来；四肢有严重的病况，常得整个锯掉，以免病毒蔓延。如果在紧要关头迟疑不决，不忍下手，反倒会失去生命。

牺牲小我，完成大我；忍一己之痛，成千秋伟业。权衡得失，当机立断，大到国家，小到个人，都是必要的。

循序指导

有些医生用药很轻，治疗虽慢，但是总有效应；有些医生用药奇重，初用时，药到病除，但是久而久之不但伤害了身体，药的效力也愈来愈差。

教育的道理便是如此，有些老师，循序指导，学生进步虽慢，但都能领悟；有些老师，填鸭式教育，看起来成绩灿然，其实学生考过就忘，所得有限。

古画

有一个父亲过世之后，只留给儿子一幅古画，儿子看了十分失望，正要把画束诸高阁，突然觉得画的卷轴似乎异常地重，撕开一角，赫然发现不少金块藏在其间，于是立刻把画撕破，取出了金子。但是接着看到当中的一个字条，指出画是古代名家所绘的无价之宝，可惜画已经在他冲动之下被撕得破碎不堪，他后悔莫及了。

人们常在发现小利而急于争取的时候，也破坏了自己获得大利的机会。

信笔挥洒

中国绘画的格式很多，其中册页和扇面，应该是尺寸最小的了，但是妙在许多名家大师随意挥洒的小品，笔愈简而气愈壮，景愈少而意愈长，意境之高，比惨淡经营的巨轴、联屏，有过之而无不及。

不论文学、艺术，苦苦学习的时候，唯恐笔墨不对，难得有自己的境界；刻意表现时，又步步为营，而难免失之呆板。倒是枕边随笔，醉中泼墨，不计得失，信手挥洒，常能有感泣鬼神之作。梁楷的“泼墨仙人”、张旭的狂草、李白的“清平调”，不都是如此吗？

演员与造型

导演选择演员时，多半要看演员的体形、声音、相貌是否合于剧中人的造型。其实真正表演的艺术，正在于演员以有限的“自我”，表达剧中人“非我”的角色。如果一个粗犷豪迈的角色，由体形壮硕和身材瘦小的两个人分别去演，而能有同样好的效果，当然是后者具有更高的演技。

艺术有个条件，就是由人所创造，创造的成分愈高愈艺术。

知识与财富

知识就是财富，财富却不一定能换得知识。知识抢不走，财富却夺得去，所以只要有机会能以财富换得知识，就绝不要放过。

譬如花昂贵的代价买一本必要的书，利用可以赚钱的时间去听一场好的演讲，表面上看来损失不少，实在是最明智的投资。这也就是“家有万贯，不如一技在身”的道理了。

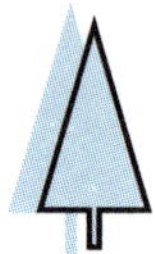

朝收心

五代大画家荆浩的《画说》里有一句："朝洗笔。"意思是前一天残留在笔间的墨不可用，每天作画的第一件事就是洗笔。这虽然只是指绘画方面，但是何尝不能用在我们的生活当中呢？我们不应该把昨天的得意，带到今天来沉醉；假日中的无拘无束，销假后也就当加以收敛。

所以荆浩"朝洗笔"，即使不能改为"朝洗心"，也可以说"朝收心"了。

雨巷诗人

早期的现代派诗人戴望舒，以一首描写在雨中看见一位带有丁香般愁怨的姑娘，自身边飘过，又消失在巷子尽头的诗作——《雨巷》，获得“雨巷诗人”的美誉。徐志摩的《偶然》更是一首总为人们吟诵、歌唱的著名作品。

美，不一定要占有，它常是一种瞬间的感受，只是淡淡地一瞥，轻轻地飘过，就能留给我们难以磨灭的印象。

快乐的条件

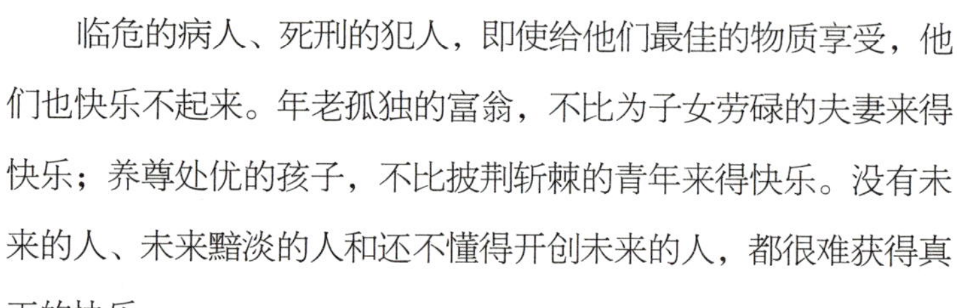

临危的病人、死刑的犯人，即使给他们最佳的物质享受，他们也快乐不起来。年老孤独的富翁，不比为子女劳碌的夫妻来得快乐；养尊处优的孩子，不比披荆斩棘的青年来得快乐。没有未来的人、未来黯淡的人和还不懂得开创未来的人，都很难获得真正的快乐。

所以快乐有一个必要条件，就是具有理想和希望。

齐白石的吝啬

齐白石是我国近代著名的大画家，而他的吝啬也是出了名的。据说他画虾是以只计酬，分文不得少。较昂贵的食物，他便要用锁锁起来，难得拿出来招待人。但是在另一方面，当有人劝他到日本卖画时，他却拒绝道："饥则有米，寒则有煤，无须多金，反为忧虑也。"辞去北平艺专教授的职位后，艺专仍有煤配给白石老人，也被他拒绝。这种不慕虚荣、一介不苟取的态度，更是常人所不及的。

吝啬的人多半爱贪小便宜，能像齐白石有这样的风骨，吝啬也就不足为病了。

忍

中国人是最能够“忍”的，由“忍”这个字，就能看出造字者对忍的态度。几乎每个伟人，都有超人的忍耐力。周文王会忍食子之痛[1]，孙膑会忍断足之苦[2]，韩信会忍胯下之屈，勾践会忍尝粪之辱[3]，也就是因为他们能忍，日后才能雪耻复仇，成不朽的伟业。可知“忍”这个字有多么重要。

忍是理智的抉择，是成熟的表现。忍有一个最重要的条件，就是要眼光放得远，为长久打算，忍一时之痛。所以说：“小不忍则乱大谋。”“忍一时，风平浪静；退一步，海阔天空。”

[1] 商纣将文王囚于羑里，文王子伯邑考来商都，求免父罪，被纣所杀，并煮了他的肉派人送给文王吃。

[2] 庞涓与孙膑同学，自认所能不及膑，以法断膑两足，而黥之。

[3] 吴王夫差有病，勾践曾尝其粪便，以测病情。

一置百年

人们买东西，通常都是因为有需要或看了喜欢，譬如买食物是为了要维生或品味，买衣服是为了保暖或装扮，买书籍是为了求知或消遣。

但是买食物的人，通常过不了多久，就会把东西吃完；买衣服的人，就算难得穿几次，但总要穿穿看；买书籍的人，却可能由置诸案端而束之高阁。

食物不吃会坏，所以人们总是快速解决；衣服不穿会过时，所以总要及时穿以炫人；书籍反正不易腐朽，所以除非急需，大可摆上一阵，岂知这世界上有多少人，这么一摆，便留待百年之后了！

人生的四季

我们常说："人生不过数十寒暑"，其实也可以讲"人生不过四季"。春天，万物发舒，生气蓬勃，虽不免失之娇柔，却正像初生的孩子；夏日，林木蓊郁，枝条茂盛，虽不免失之火气，却正像健壮的青年；秋天，结实累累，枫红似火，虽不免过于丰盛华丽，却正是中年富裕的景象；冬天，白雪皑皑，万物凋零，虽不免过于萧条朴素，却正是老年宁静的境界。

春天的播种是为秋天的收获，夏日的蓊郁是为秋天的装扮，春、夏、秋的喧哗则当归于冬日的宁静。

生与死

生与死是人生两件最重大的事，一个是起点，一个是终站，在生命的旅途上，它们各处极端，差异也相当大。

生是创造，带来的是长久的发展；死是消失，留下的是一串回忆。生时每个人都差不多，因为他们谈不上功业、德行；死时却有相当大的差距，因为数十年的得失都摆在眼前。生如果是丢下去的骰子，死就是静止时的数目；生如果是问号，死就是句点。

所以我们可以平凡地生，却应当伟大地死。

过去与未来

我们小时候，听到父母师长劝诫自己要努力，免得“老大徒伤悲”，心里总想那还是多么久远以后的事啊！可是自己到了成年，回顾过去的数十寒暑，又觉得似乎一溜烟就过了，而有“时不我与”“韶华不为少年留”的感伤。

人们总是将未来估计得太长，对于过去又叹息时间太短；只知消极地感慨过去，却不知积极地创造未来。于是就这样明日复明日地蹉跎浪费了，往事如烟地飞逝了，人生如梦地完结了。

雨

雨有时诚然恼人，但也有它优美的地方，不论是春雨绵绵、秋雨涓涓，或是大雨滂沱，只要你静静地欣赏，都有它不同的味道。雨有时像珠帘，有时似轻纱，点点滴滴，常能与我们的心境产生共鸣，所以古人形容雨的词句也特别多，因时间的不同有所谓“寒食雨”“杏花雨”“梅雨”“清明时节雨”，因地点的差异有“灞陵雨”“楚江微雨”“巴山夜雨”“二陵风雨”“仙人掌上雨”，因大小早晚的不同有“密雨”“疏雨”“宿雨”“朝雨”，因心境的不同有“雨打归舟泪万行”“天阴雨湿声啾啾”，同时因为雨能浥轻尘，使景物变得愈发明晰，所以更有“雨中黄叶树”“草色新雨中”“门前风景雨来佳”“红楼隔雨相望冷”的诗句。

当然，如果比较雨色与阳光明显的差异，还是在于阳光无言，雨却能呢喃；阳光只能在白天得到，雨却能日夜谛听。那潇潇的雨声、清脆的音响，仿佛织成一首交响乐，给予人们无限的遐思。譬如李后主的“帘外雨潺潺”，陆游的“夜阑卧听风吹雨”，都是形容雨的佳句。至于李清照的“梧桐更兼细雨，到黄昏、点点滴滴”，和“伤心枕上三更雨，点滴凄清，点滴凄清，愁损离人，不惯起来听”，因为不但形容了雨，也模拟了雨打梧桐、芭蕉的音响，所以更成为千古绝唱。

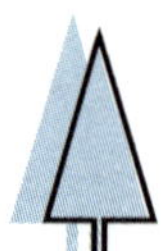

看山

我喜欢游山，更喜欢看山，爱在山里看山，更爱在城里看山。

在山里看山，周遭是鸟语花香，清流激湍，涤尽尘俗怡然陶醉。

在城里看山，周遭是骈肩杂沓，车水马龙，令人有出尘之思，悠然神往。

在山里看山，能横岭侧峰，远近各异，不识庐山真面目。

在城里看山，遥隔十里红尘，本不知山之正身何似，却更能引人遐思。

我喜欢众鸟、白云皆不论，相看两不厌，与我心物交融敬亭山。更爱能令我结庐人境，心远地偏，而能不闻车马喧哗的悠然南山。

一张白纸

在学生时代，许多人都有经验，做算术的时候，使用草稿纸，刚开始整张纸都空白，非常容易计算，经常不知节制，而将字写得特别大。但是到后来，纸上的空白愈来愈小，只好在以前写过的文字空隙中计算，既困难又容易出错。

人的记忆就像是这张白纸，幼年时容易吸收，但常无计划地挥霍。到成年真需要使用时，却苦于记忆力衰退，而事倍功半了。

生命的唱片

生命是一张唱片，岁月是转动的唱盘，我们的一言一行便是刻针的颤动。有的人行动快，刻痕密，可以容纳较长的音乐；有的人行动慢，刻痕疏，只能录取较短的东西；有的人精力充沛，留下的是一曲热门音乐；有的人波澜壮阔，留下的是一篇交响乐章；有的人恬淡宁适，变成柔婉的小夜曲；有的人波折破碎，只是一张效果唱片。他们或以高亢沸腾的音符，戛然而止；或以沛然丰盛的交响，完满结束；或以幽邈淡远的绵延，轻轻消逝；或以抒情引入、华丽渲染、澎湃激荡，徐缓而渐归宁静。

梦

我们常说“浮生若梦”，形容人生的倏忽和许多难以置信的遭遇。唐代李公佐更作有《南柯太守传》，描写淳于棼做梦至槐安国，娶妻、为官、争战的种种。可知梦中的天地是多么广阔，梦中的时间是何等快速。

梦是一种思想的飞跃与创造，“日有所思，夜有所梦”，许多现实无法满足的事物，在梦中能得到补偿；科学家难以解决的问题，也有些在梦中豁然贯通；绮丽的神话故事，更常自梦中得到。

虽然梦多半虚幻而不可把握，但在这个纷乱、狭窄又短暂的人生中，我们总该庆幸，还能拥有这么一个宁静、宽广且完全属于自己的梦中世界。

突然

机器经过长期的运转，关闭时常需要逐步进行，否则容易出现故障。刚从火里取出的玻璃器皿，常需要放在温暖的地方逐渐冷却，否则容易炸碎。方才塑制好的陶器，常需要加以阴干，才能放进炉里，否则容易破裂。

突然地停顿，突然地失意与得意，对于一个人，也就如同突然地静止，突然地冷却与加热，对于一件物的不适当一样。

选书与择友

最近有位出版界的朋友对我说，一本畅销书应该符合几个条件。第一是封面和书名引人，第二是纸张和印刷精美，第三是厚度够，最后才考虑到内容。原因是读者到书店选书，经常先被封面和书名吸引才去翻阅；看的时候，最初注意的则是印刷和纸张；然后估计价钱与书的厚度相当，拿在手上也很有重量，就会掏钱买；至于内容，因为在书店没有太多时间注意，所以并不极重要。

与买书同样的道理，我们择友，也经常是先注意相貌、衣着、财富与地位，反而忽略了最重要的内在。

粗犷中的细腻

张大千经常在泼墨山水中加上工笔的点景人物，在勾勒细致的花卉里加上粗笔写意的叶子，但是因为安排和谐，感觉更有味道。

为人不也如此吗？粗犷中的细腻最见精神，拘谨中的豪迈更见天真，问题是要表现得自然。

墨与砚

如果岁月是一方砚台，我们的生命就是墨，随着时光的流转，不断在砚中磨动。会利用的人，可以将它写成伟大的诗篇，绘成不朽的作品；不能把握的人，只有任其抛弃，当整条墨磨光，留下的不过是一摊墨汁而已。

平适愉悦的胸怀

有一天傍晚，我在台北坐出租车回家，当车到中山北路天桥的时候，因为前面发生交通事故而受阻了。眼看一长排的车子，半天都丝毫无法移动，我正焦躁不安的时候，司机却笑着回头对我说：“您看！这么长的车灯，多么漂亮啊！”

在人生的旅途上，我们也经常会遇到行不通的困境，如果都能拥有那位司机一般平适愉悦、随遇而安的胸怀，也就不会以为苦了。

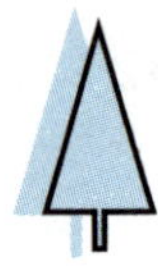

火气、霸气、油气

为文就如同为人，少之时感情丰富，才华外露，难免失之火气；中年时局面渐开，信念愈坚，难免失之霸气；老年时饱经世事，轻车熟路，却常循旧途，难免失之油气。

若能将少年的真挚、中年的创意、老年的洗练合而为一，便能成最佳的文章、最美的人生。

不朽的凭借

我们常认得一个人的脸孔，却记不起他的名字，可惜他的肉体是会死亡的，所以百年之后人们就将他完全遗忘了。

我们常背得一首诗，记得一篇文章或定理，却想不起作者和发现者的名字，不过幸亏诗文不会死亡，而能流传永远，所以经过追索考证，人们就能知道它的作者。

由此可知，我们的身体和名字都是多么短暂而有限的东西，唯有伟大的创作能千秋万世而不朽，也唯有依靠那些不朽的作品，才能使我们的名字流传下去。

爱的教育

某年冬天，我在海外参观一所小学，当时正落着簌簌的雪花，学校里每个孩子都穿着冬衣，戴着帽子，但是令人奇怪的是，在操场旁边一个撒尿小童的雕像也戴上了毛线帽，并披着一件夹克，看起来非常滑稽。我就问校长：“为什么连雕像都穿衣服，难道它也怕冷吗？”校长郑重其事地回答：“对！在儿童的眼中，雕像也是怕冷的。为了给予孩子爱的教育，并使他们在幼时就培养出同情心和爱心，所以我们为雕像穿上寒衣。您想，儿童连一个假的石像，尚且不忍它受冻，如果看到真人，还会不伸手援助吗？”

爱的教育岂止是在课堂上啊！

两耳菩提

我曾对一位学禅的朋友说："真希望能有机会到庙里住一阵子，享受那晨钟暮鼓、菩提梵唱的宁静。"

朋友回答说："你的呼吸便成梵唱，脉搏跳动就成钟鼓，身体便为庙宇，两耳就是菩提，无处不是宁静，又何必等机会呢？"

时间的痕迹

常听人说时间是没有痕迹的，其实时间的痕迹处处可见，几乎在我们接触到的每一样东西上，都能读出时光的过往。

欣赏一幅画，我们可以想到上面的每一笔，都是画家的时间和精力的叠合；读到一本书，我们可以知道上面的每个字，都是作家花时间写出来的；看到一尊雕像，我们仿佛可以听见匠人刀斧的声响，每一片斑驳与剥落更是岁月摧折的痕迹。

不分昼夜的流水，阴晴圆缺的明月，沧海桑田的变幻，树的枯荣，燕的来去，人的死生，甚至落在案上的小小尘埃，都能使我们感到时光的过往。想到这些，我们怎能不刻刻警醒、爱惜光阴呢？

古筝

在听完两位著名古筝家的演出之后，我问同行一位研究古筝多年的朋友，最欣赏的是哪一位。这位朋友回答说：“他们两个人都弹得好极了，可以说一点瑕疵都没有。前者演奏时感情洋溢在脸上，随着琤琤的乐音，演奏者全身都跟着震动，仿佛下了极大的力量和情绪，固然是相当高妙的。但是我更叹服后者，因为他融合各种乐器的优点于古筝之中，却能丝毫不露痕迹；他脸上平适宁静，但是琴音蕴含无限的情思而幽远；他的身体与双臂不见什么抖动，凝坐如敬亭山，但指间泛出的音符，忽而如行云流水，骤而若铁马金戈，空冷如入无人之境，敛止如老僧入定，雄壮如两军交战，飞扬如鸿鹄长鸣。令人心随琴音，如驰天马，突发于千里之外，突归于所发之处，由始至终，但觉浑然如一，了无痕迹。”

所谓参天地之机，而与造化争奇的艺术境界，大概便是如此吧！

节制

情绪节制，则能养气；饮食节制，则能长寿；金钱节制，则能致富，所以一切福分皆生于“节制”二字。

但是节制也当有一定的限度，如果情绪节制得心如铁石，饮食节制得营养不良，金钱节制得近乎吝啬，就过犹不及了！

灵感、精神、时间

最近跟几位艺文界的朋友聚会，大家一致认为，要生产好作品需要满足灵感、精神和时间三个条件。条件都不难，但要想同时拥有却不容易。因为有精神和时间，却没有灵感，就无从写；有灵感、精神，没时间，就无法写；有时间、灵感，没精神，则写不好。有时想熬夜以争取时间，就损伤了精神；有时想多休息以培养精神，则失去获得灵感的机会；有时想等待灵感的来到，又耗费了时间和体力。

写作是一件多么困难的事啊！

绿色的火焰

我有一次在冬残春至的时候到韩国去，发现那儿的树木前半天还可能是光秃秃的枝干，一夜之间就能抽出整片新绿。那种绿似乎来得特别翠，也特别快，玲珑剔透又娇嫩欲滴，仿佛绿色的火焰，一夜之间点燃了整个山头。

据说愈是寒冷的地方，春天树木的发荣愈快，叶子也特别绿。秋天的寒霜，更能染成嫣红的枫叶；山风凛冽的绝巘，更能塑造劲拔坚挺的枝干；坎坷的境遇，更能历练出伟大的人格，大概也就是这个道理吧！

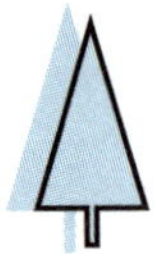

一秒之差

在运动场上的一秒之差，常是好几米距离的胜败区分。

在战场上的一秒之差，常是你死我活的生死之别。

在咖啡室里的一秒之差，却只是闲话家常的半句话而已。

同样一秒钟，在不同的时间、不同的地点，相差是多么大啊！

磁铁

伟大的老师就像是磁铁，他能连串地吸引学生，并使学生影响更多的人。磁铁能使平凡的针成为罗盘，散乱的铁砂排列图案。它固执自己的道理，凡是对的都加以吸引，否则就将之排斥。

最重要的是：他公平对待每一个学生，不论学生是像大的铁块，或是小的铁屑。

穿过黑暗

有一位朋友，最近由高雄坐夜车来台北，当我问他坐夜车是不是很辛苦的时候，他笑答："当你在苍茫的暮色中，登上夜车，睡眠里，不知不觉地穿过黑暗，再醒来时，投入的是一个新的环境和早晨的光明，除了有如获新生的快乐，还会感到坐夜车的痛苦吗？"

穿过黑暗，改变环境，投向光明，就是新生，这真是生活至深的感受。

漏雨

前些时家里屋顶的瓦破了，请工人修补之后，下了一阵小雨，屋子已经不漏水了。但我碰到泥水匠时仍不放心地问："下大雨会不会漏啊？"他笑着回答："小雨不漏，大雨就不会漏；大雨不漏，小雨却不保险。因为小雨水流缓慢，专渗缝孔；大雨固然声势不小，却多半倾泻而过，毫无影响。"

为人处世不也是如此吗？我们常震惊于那些外表惊人的事物，而忽略了潜在细微的力量。

地基

我有一位艺术界的朋友，研究国画已近十年，每天仍孜孜于传统技法的练习。当人问他为什么不早一点积极从事创作的时候，他说："建十层的大厦，得打两层以上的地基，地基愈稳，楼也愈坚固。同样的道理，我要从事创作的岁月有五十年，打十年的基础又算得了什么呢？"

古人常说："十年寒窗无人问，一举成名天下知。"张大千在五十岁之前致力于传统的研究与临摹，而能在其后的十余年间，名闻国际，大概也就是这个原因吧！

欲望

孩子们只有一两张邮票的时候，不一定会想到集邮，但是当你交给他一把邮票时，他可能因此而买集邮簿，并企图有更多的收藏。

成人们生活并不富裕的时候，常比较慷慨，一旦有了些许积蓄，反倒变得吝啬，产生更大的欲望。

少年们十六七岁时，常不知天高地厚，生死不顾，逞一时意气。老年了反倒愈发惜命，战战兢兢。

人们总是因为“有”，而更想取得；有的愈多，进一步的欲望也愈大。

春秋与晨晚

就太阳照射的纬度而书，春与秋有什么分别呢？但是春天就那么欣欣向荣，秋日却变得萧瑟肃杀。

就阳光照射的斜度而书，清晨与傍晚有什么分别呢？但是早晨就那么朝气蓬勃，傍晚就那么趋于沉寂。

大概就为了挣出冰冷的地面，望穿深垂的夜幕，所以指向繁荣与喧闹。

也许就为了经历夏日的煎熬与正午的阳光，所以归于宁静与安眠。

春天与清晨、夏日与正午、秋月与落霞、冬寒与夜凉，季节时光移转的道理，不都是一样的吗？

不似而似

“有一个喜欢沽名钓誉，而实在不高明的画家来求我题字，耐不住他三番两次地请托，我给他题了‘似而不似’几个字。他拿去之后珍惜万分，竟高悬在正厅，岂知‘似而不似’与‘不似而似’意义相反，实在是我对他的讽刺啊！”一位国内著名的艺评家对我说。

绘画是艺术家所表达出的胸中境界，他的目的不在真实物体的再现，而在精神的把握，所以总以气韵为主，形似其次。若逸笔草草，表面虽不逼真，但能给人实在的感受，总比刻意求工，却呆板迟滞高明多了。这也就是画论中“无似何画，画其神耳”的道理了。

蝴蝶与毛虫

今年孟夏与几个朋友一块儿去阳明山郊游。当时公园里到处都翩飞着蝴蝶，五颜六色非常美丽。但是也有不少毛毛虫，或是爬行于亭台之上，或是牵丝吊在树林之间，稍不注意就会被吓一跳。这时候有一位同行的朋友抱怨说："真是煞风景，'穿花蛱蝶深深见，点水蜻蜓款款飞'的美景都被这些毛毛虫破坏了！"

这不是大家常患的毛病吗？我们总是赞叹那完美的成品，却厌恶它发展的尴尬时期；喜于见到耸立的高楼，却不愿看到施工中的杂乱。这也就如同爱蝴蝶，却恨未蜕变前的毛毛虫一般。

斗剑

某次到朋友家拜访，看到他正跟不满三岁的孩子拿着竹剑比斗。一般父母跟孩子玩，总是让着，但是我这位朋友却不一样，有时故意被孩子刺到，有时却用很大力气把孩子的竹剑打落在地上。我奇怪地问："那么小的孩子，你为什么不让着他呢？用那么大力气，孩子的手会被震痛的。"朋友回答说："这就是幼年当有的教育，我们不可使孩子总是获胜而骄傲，也不可让他总是失败而气馁，而应该使他知道在未来人生的战场上，有胜利也有挫折，这样他将来才能担得起重任，受得了考验。"

教育当使孩子们勇于面对现实，有理想而非妄想，有自信而非自大，有暂时的失败，而无永久的没落。

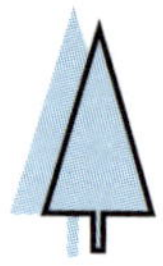

距离与心情

抗战末期，当日本投降的消息传来，即使不相识的人也兴奋地在街头拥抱。

当我们有喜气的时候，看到的每个人，似乎都变得特别可爱而和善，更多的好运也常跟着来到。

愉快的心情，能缩短彼此的距离，能令人亲近，能使眼前的世界变得更美，且带来更多的快乐。

健忘

有三个因健忘而苦恼的人在一块儿聊天，谈到各人避免遗忘的方法。

甲伸出右手说：“你们看！每当我有重要的事，就把绳子系在手指上，因为经常产生提醒的作用，所以不会忘。”

乙伸出左手说：“你们看！每当我有重要的事，就把手表反着戴，当我看钟点的时候，就会想到那件事，所以不会忘。”

丙伸一只脚说：“你们的办法对我都没用，我必须把鞋子反着穿，一直有难受的感觉，才不会遗忘。”

甲和乙问丙说：“可是当你睡觉的时候怎么办呢？你不可能穿着鞋睡觉吧？”

丙说：“很简单！我把鞋子放在餐桌上，第二天早上看到鞋子，就会想起来了！”

以上虽只是我编的一个笑话，但身处在这个繁忙的社会，为了避免遗忘，制造些特殊情况，或是在自己常见的东西上做个记号，以提醒自己，谁说不是一种很好的方法呢?

灵感的火种

灵感人人都有，只是“灵”相同，各人的“感”却不一样。

音乐家的灵感常成为跳跃的音符，文学家的灵感常成为优美的词章，画家的灵感常成为完满的构图，一般人的灵感，则常只是一霎时特殊的喜悦。

灵感是一闪即逝的火种，我们的资质与素养则是可供燃烧的薪柴。薪柴没有火种固然无法燃烧，接受火种之后放出的光热和持续的久长，则要看薪柴的数量而定了。

你想捕捉更多的灵感吗？你想使灵感变为光热的能量吗？请在平时就不断充实你的柴房。

幸福的真义

幸福是世间最脆弱的东西，因为我们无法预测未来。快乐的家庭，一个人突遭不测，家庭便笼上了暗影；美丽的田园，一阵突来的天灾，田园变得荒芜。战争、疾病，甚至连屋角一片瓦的砸落，都能使短暂的幸福成为泡影。而且就算我们一辈子都幸福，又能有几十年？一辈子都笑，又能笑得了几千万次呢？

既然我们每个人的幸福都这样脆弱，就当珍视眼前的一切，同时把自己的幸福分给那些需要的人。使我们有限而短暂的幸福，即使不能延长，也能扩展到最大的范围，并有更深的影响。

旧药与新药

有一位著名的药学家最近在论文中表示：现今一般药学家总是在追求新的药剂，民众也总以为凡是新药就好，其实我们如果能就老的药加以检讨，去其缺点而增长药效，反而要比刚问世，还未经长久使用的新药更有把握。

医药如此，做事不也相同吗？我们在一个方法行不通的时候，如果就原计划加以检讨改进，常比断然弃绝前案，耗时间找一条新途径更为省时有效。

三点不动，一点动

爬山的人有一句术语："三点不动，一点动。"意思是爬山的时候，双手双脚中总要有三点能够保持稳定，另一只手或脚才能进一步攀援，否则就容易发生危险。

为人处世不也如此吗？先要求自己的稳健，才能做进一步打算。只知攻而不知守的人，常是经不起打击的。

书展

有一位书展的主办人对我说：这种展览是很少赔本的。因为当一个人走入会场，既惊于汗牛充栋的书籍，又惑于买书的热潮，更眩于装订封面的精美，在这自觉渺小、盲从附和与虚荣爱美三种心情的驱使下，自然就会买书。

由此可知，我们买书的冲动，常常并不是起于求知的欲念，这也就是有些人存书满架，却本本如新的原因了。

影子

我有一次应邀到台中的东海大学演讲，讲完已是夜里近十点钟了。走过校园，看到许多同学站在东海教堂附近的灯前，进进退退地跳着，欣赏自己投映在教堂斜顶上忽大忽小的影子。我问他们有什么趣味，大家回答说：“太有意思了！没想到自己的影子有这么美，而且随着动作总是在变，自己都无法认识自己的影子。”

有光的地方就有影，影子日夜跟在我们身边，竟还无法认清，更何况去认识别人呢?

化腐朽为神奇

在吴承恩写《西游记》之前，早有《大唐三藏取经诗话》；在施耐庵写《水浒传》之前，早有《宣和遗事》《宋江三十六人赞》和《梁山泊故事》；在歌德写《浮士德》之前，早有浮士德的传说和剧本；在莎士比亚写《奥赛罗》之前，早有《夫与妻之不忠实》这篇故事。

伟大的作家就如同高明的厨师，烹饪的材料虽不一定采于自己的园中，但经过他的手，却能使平凡的蔬果成为甘美的佳肴。所以我们不愁没有创作的题材，也不必忌讳重复别人的故事，只要有巧思，平常的琐事都能化为不朽的篇章。

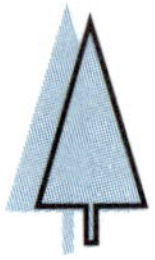

溜冰

在溜冰场里经常可以看到，那些熟手笑刚学溜冰不断滑倒的新人，偏偏有些新人就因为怕嘲笑而退缩了。

其实哪一位溜冰的老手不曾摔倒过呢？既然自己也曾如此，就不应嘲笑别人。相反，刚学溜冰的人，如果想想那些来去如风的高手也曾跟自己一样，就当不怕眼前的挫折了。

人在得意时，多想想从前，就能谦虚；失意时，多想想得意人也曾困顿，就不致气馁。

退一步打算

当我们登山的时候，如果面对不熟悉的环境，就应当在每个岔路做个指示标，以备前面行不通的时候，还能退回起点。相反，如果对前面的路已经很了解，则应当不断注意能不能发现新的风景或更好的捷径。

对已明的事，做进一步计划；对未明的事，做退一步打算。登山、处世都是一样的。

浸润

以前每当走进“中广”公司，总会看见一块竖立的牌子，上面写着容易读错或破音的字。据说内容天天更换，而就在大家进出时，视线有意无意地掠过，久而久之，便能有相当大的进步并减少错误的发生。

每日些微的浸润，日积月累，长久持续下来的学习成果之大，常是我们无法想象的。

得意忘形

我曾看过一篇神话故事，有父子二人被囚禁在山巅的高塔之中。为了逃走，他们想出一个法子，就是将经常停驻在高塔上飞鸟落下的羽毛用蜡凝结成两对巨大的翅膀，借以飞出高塔。但是当他们挥舞着翅膀飞到天际时，孩子觉得翱翔有无比的快乐，十分得意，竟不听父亲的劝告，愈飞愈高，结果因为过于接近太阳，翅膀上的蜡被熔化，瞬间羽毛飞散而跌落深谷。

人们往往在辛苦冲破黑暗展现光明之际，得意忘形，而遭到更大的厄运。

最好的一场戏

据统计，一出戏如果演五场以上，最好的不会是第一场，因为那时难免因生疏而紧张；也不可能是倒数第二场，因为那时已能熟练而容易松懈，更不会是最末一场，因为那时演员心想是最后一次演出，特别卖力，难免表现得过火。

由此可知，一件好的艺术品，只有在技巧纯熟、心情稳定、表达自然的情况之下，才能产生。

生活与作品

有一位年老的作家对我说："我承认写不出那些年轻人的新潮作品，不是我没有能力，而是因为我不再具有年轻人的生活。"

艺术必须植根于生活的土壤里，有怎样的生活才有怎样的作品，硬要描写自己没有感触的事物，是不可能感动别人的。而当我们的灵感枯竭时，只有一个泉源，也就是"生活"。

善学者，善观者也

我教画是采取个别指导的方式，每段时间专为一个学生讲解，但在同时也会有许多学生旁听。而我发现那些来得早、走得晚、由头听到尾的学生进步特别快。因为在旁听的过程中，他见到别人的错误，可以使自己以后不再犯；遇到已经学过的东西，更能温故知新，有深的领悟。

所以我常对学生说："善学者，善观者也。"

吸收与领会

饭量少的人不一定瘦小，饭量多的人不一定健壮，主要还得看他是否能够吸收。

读书少的人不一定浅薄，整天抱书啃的人也不一定深厚，主要得看他是否能够领会。

迂回

我有一位艺术界的朋友，经常画巨幅的作品，但是评论家却一致认为他真正的好画是那些小品，如果把画巨幅的时间用在小画上，必会有更多的杰作。当我问他听到这些评论是否不再作大画的时候，他笑着说：“不会，小画之所以好，正是因为我通过了大画的练习。每当我花上七八天的时间，辛苦完成一幅丈余巨作之后，摊开小纸，便觉得轻松愉快，心中了无压力。既能洒脱落笔，在尺幅之中有大画的豪迈；又能小中见大，得深远的境界。所以大画是耕耘，小画才是收获。”

我们观察一个人，常只注意他成功的地方，而忽略其间的失败，岂知那些失败正是他成功的因素。看来不必要的迂回，有时正是前进的另一种姿态。

摒除干扰

我曾经在海外参观一个以美术教育闻名的中学，发现走廊上挂了许多学生的优秀作品，但在美术教室内，四面墙壁却是一片空白。我就奇怪地问："为什么不把学生的好作品也挂一些在教室里呢？"

"因为那样做，学生们常会四面张望别人的作品，而直接加以模仿，本来该有的创造力，受他人影响，反而被抹杀了。"美术教师回答。

教育不都是如此吗？我们固然要使学生观摩别人的优秀作品，但也当除去一切干扰，使他们发挥自己的创作。

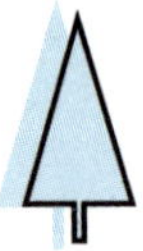

自甘堕落

一位出租车司机对我说，当他开新车的时候，总是小心翼翼的，唯恐撞坏或擦伤漂亮的车身。但是开旧车就大胆得多，因为车子反正已经不美，即使再受点损伤也没什么关系。不过到那时候，出事率高，车子也很快就会报销了。

我们为人不也常是如此吗？初入社会时，临事戒慎，唯恐有损自己的名誉。既受几番挫折，或偶尔失足，不但不知痛定思痛，反倒一不做、二不休，自甘堕落下去，结果愈陷愈深，只能被社会淘汰。

机会

我们要想获得成功，就必须抓住适当的机会，而把握机会的秘诀则是快速的行动与准备。

如果人生是旅程，机会是导游，我们就是旅客，必须随时预备好行李，只要听到机会敲我们的门，就立刻提起行李跟它走。

体气

书法是我国固有的艺术，学习书法最重要的是选帖，选帖则需要配合自己的体气。譬如体气浑厚的人，适于写魏碑、颜真卿；体气矫健的人适于写兰亭、柳公权。如果强要以刘石庵[1]的“肥”，写宋徽宗[2]的“瘦”，是勤苦而难成的。

[1]刘墉，号石庵，山东诸城人，为清代四大书家之一，受宠于乾隆皇帝，书体以肥厚著称。

[2]宋徽宗，名佶，神宗第十一子。善书画，均能自成一家。其行草正书，笔势劲逸，初学薛稷，后加以变化，自称“瘦金书”。

戴钻戒的艺术

聪明的人不会在相邻的两只手指上同时戴钻戒，为的是避免彼此摩擦受损，而减少了钻石的光泽。

睿智的领导者不会在同一个单位安排两个具有同样高度能力又独断的部属，为的是避免他们意见不和而互相抵制，降低了工作的效率。

一叶知秋

我们常说“一叶知秋”，其实“秋”并不跟随这一叶的凋落而至，只是我们由此更意识到秋天的来临罢了。

心灵愈是敏锐的人，愈能由小的象征，感应到大的事物。枝头抽出的新绿、阶前微泛的苔痕、午后突来的骤雨、池塘初送的荷香，或是草际鸣蛩、夜来霜寒，都能提醒我们季节的更换。所以世界不是不美，四季不是不明，只要我们细细观察，到处都是文章。

耻为天下第二名手

恽寿平是清代最著名的画家之一，据说他早期是画山水的，但是从见到王石谷之后，自以为山水画不能超过他，于是改而专攻花卉，成为海内所宗。在更早以前的唐代也有一位以画火闻名的张南本，据说原来是与名画家孙位一起学画水，也因为自认不能超过孙位而改习画火，终于独得其妙。

艺术家追求完美，难免有傲骨，耻为天下第二名手，不愿落人之后。像前两者真有才能，舍他人既行的道路，自辟蹊径，独创一家固然最好。但如果不能认清才具，只因耻为人后，就放弃学习，自己又找不到更适当的方向，则是狂妄自大，到头来难免什么都落空了。

链子

许多人都喜欢链子，有的戴在衣服里面，有的挂在衣服外面。戴在里面的常不一定好看，却有着较高的价值，或是具有宗教和纪念意义。戴在表面的常是普通金属制作，却非常精美，为的是装饰和炫耀。

有的人链子只戴里面而不戴外面；有的人挂在外头，里面却没有；有的人则里外都悬挂。大约戴在里面的是给自己看，露在外面的是给别人看。

除了见得到的链子之外，我们每个人都有两条见不到的链子，也是内外各一，但是外面那条可以不要，里面却是必需的。

重音

“重音”在语言中是非常要紧的，重音所加位置的改变，常能造成不同的感觉，譬如以下的句子：（引号内是加重的字）

“我”请你看戏——不是你请我看戏。

我“请”你看戏——不是强迫你看戏。

我请“你”看戏——不是请他看戏。

我请你“看”戏——不是请你演戏。

我请你看“戏”——不是请你看画。

谁能说讲话不是一门艺术呢?

再学

台湾名书法家曹秋圃曾经说过："我十八岁就教人写字，但是到三十二岁才决心练字。"

做老师的人，经常因为执了教鞭，在堂上唯我独尊，又缺乏外来的竞争，而停止进一步的钻研。能如曹秋圃教书十四年之后，仍自知不足，立志"再学"的人，真是太少了。

渐入佳境

唐代名画家阎立本，在荆州看到了梁朝大师张僧繇的作品，初见时颇为鄙视地说：“张僧繇只是徒具虚名而已。”第二天去看则改口讲：“还算是近代画坛的好手。”第三天再去看，却惊叹地说：“张僧繇真是名不虚传哪！”从此睡在张僧繇的画下，朝夕参法，十多日才离去。

由此可知，我们对一件艺术作品不能一见就下定论，而当观之、游之、居之，深入玩味，才能得个中奥妙。如一张好画，初看未必惊人，但能令人渐入佳境，愈看愈有味道。为人交友不也是如此吗?

竞争

我们逛街的时候，经常可以发现同一性质的商店集中在一块儿，譬如家具街、服装城、书城等。总会想，为什么它们要聚在一块儿呢？这样会竞争激烈，顾客可以比价，岂不麻烦得多吗？如果分散开来，各人雄踞一方，顾客没有邻近的商店比较，又懒得跑老远的路到其他地方，价钱即使高一点，也会买了。

但实际并不如此，据这些商店店主讲，就因为他们聚集在一块儿，所以有需要的人自然毫不考虑地往这儿跑，也就因为顾客多，销路好而成本降低，更由于可以相互观摩而日新又新地加以改进，甚至共同推展外销。

由此可知，竞争常能造成更大的进步，对手有时正是最佳的伙伴，问题是彼此如何有效地协调合作。

相形见绌

当我教素描的时候，如果对一个学生说：“你的画，鼻子表现得很好，其他的地方却欠佳。”过一阵子再去看，很可能会发现，画上最差的却是鼻子，因为他把欠佳的地方不断改进，使得原本不错的鼻子，反而相形见绌了，于是不得不叫他再加强鼻子的描绘。

我们的生活不也是如此吗？当相形见绌的部分加强时，其他原本很好的地方又相形见绌了。不过也正因为如此，我们不断地改进，生活也就不断地进步。

圣母峰

世界上第一位征服圣母峰[1]的女登山家田部井淳子，在别人问她登上最高峰的感想时说：“圣母峰的路是如此狭窄，以致使我竟不能将双脚靠在一块儿。”

人生的旅途不也是如此吗？愈是接近高峰的路途愈是狭窄，它甚至不容许我们的双脚站定，做片刻的休止，而必须不断迈出脚步，保持前进的姿态。

---

[1] 珠穆朗玛峰

悔恨

我们常听人说："如果某年我买了某处的地该多好，现在一定能赚大钱。""如果我当时不从事这样工作，而改行该多好，现在一定能得到相当高的地位。"这种"如果怎样该多好"的句子，似乎人人会讲。回顾过去，每个人都有许多值得悔恨和惋惜的地方，但是我们却很少听见有人讲"假使我现在如何，将来可能会怎样""假使我现在不如何做，将来可能会后悔"的句子。

人们总是向后看，然后有悔不完的过去；却很少看现在，以避免未来的悔恨；更少向前看，用长远的未来弥补过去悔恨的一切。

滑行

飞机需要经过跑道的滑行，才能平稳地升空；子弹需要经过枪管与膛线的旋转，才能准确地命中。

求学就如同前两者一样，必须经过长期知识的积蓄，与约束克制的功夫之后，才能达到高深、精练的境界。

年轻的心境

我经常发现那些爱跟学生谈天并生活在一起的老教授，显得比实际岁数年轻得多。因为他们接触的总是朝气蓬勃的学生，学生有着强烈的进取心、求知欲和快速的行动，所以不知不觉地自己也跟着年轻起来。

年轻是一种心境，谁说不对呢?

存书与读书

儿童时，我们自己的书不多，但几乎每本都读过好几遍；少年时，我们拥书较多，但很少有读过一遍以上的；及至成年，存书满柜，看过的却又很少。

小时候我们有许多时间，自己却不能买书，且缺乏理解力；成年的时候金钱和理解力都有了，却常缺乏时间；到了老年，有时间和金钱，只怕记忆力又衰退了。

世间真是少有十全十美的事啊！

音响与灵感

国画大师黄君璧以画瀑布闻名，尤其是在游美国、南非和巴西，看过尼亚加拉、维多利亚和衣瓜苏大瀑布之后，眼界更开，气势更壮。

我曾经到白云堂[1]时，看见黄大师正在画瀑布，身后放了一架录音机，播放出来的竟然是瀑布滔滔的水声。据君璧先生讲，在画瀑布时，听这跌宕奔腾的声音，更能引发灵感，拓展境界。而在不知不觉中像是置身千山万壑之间，笔底云烟，腕下飞泉也益发生动。

由此可知，除了音乐，经验中的音响也能在艺术创作时帮助我们唤起意象，引发灵感。

[1] 黄君璧的画室。

扫除

我曾经访问一位著名的企业家，请教他使家庭、事业兴旺的方法。

企业家在回答问题之前，首先请我到他的办公室参观了一圈，然后说："我对职员有一个严格的要求，就是保持环境的整洁。每当我看到东西的安置不合规矩、杂乱的物品堆积太多时，就要求全公司大扫除。因为唯有在处处窗明几净、事事化繁为简、条理井然的环境之中，大家才能振奋精神、头脑清醒，做事也必然效率高而容易成功，所以我使家庭事业兴旺的秘诀就是经常扫除。"

由扫除环境的脏乱，进而扫除心中的繁杂，这是一件多么简单而重要的事啊！

翻译

我有一篇文章，想翻译成法文，首先找了一位法语系的同学，但是不成功，因为他的中文虽好，能深入理解文章的内容，但法文不够精到，无法尽译。接着我又找了一位法国人来翻，可是也不成功，因为虽然他的法文高明，中文却不行，无法了解需要译的一切。

翻译如此，与人相处不也一样吗？我们总无法脱离“了解别人”与“表现自己”这两件事，缺少任何一者都是不行的。

高速公路

随着时代的进步，高速公路成了必要。高速公路固然能缩短行车的时间，但也有许多必须遵守的规则。譬如速度太慢不能行驶，因为会影响后面车辆的前进；在路上不能随便停车，更不能任意掉头或转弯，否则因为后面刹车来不及，就容易肇事。

这个时代不就是如此吗？赶不上的人要被淘汰，未被淘汰的人也必须认定自己努力的方向。只要投入这个讲速度的社会，想更改或停止，就千难万难了。

取古之长

在我教书法的时候，发现许多学生临帖可以写得非常好，但是一离开帖子，字就不成样子。原因是他们只注意一时临摹得相似，却不去记取字的结构、布白与神韵，所以离开帖子，就忘得一干二净。许多人学画十几年，离开老师的画稿就无法创作，也是这个道理。

临摹古人，是为了取古之长，为今之用。做任何学问都不能只博一时的快意，而当为自己日后的发展做打算。如果永远在前人的圈子里打转，不可能独立创造，更谈不上自成一家了。

诗的感觉

诗，有狭义与广义。前者是专指文学的一种形式，后者则能用来形容一切幽远、优美，含不尽之意见于言外，引人共鸣而无法述说的事物。

所以我们可以形容一幅画很有“诗意”，一首曲子很有“诗情”，一个人很有“诗心”，或者说有一串非常“诗”的日子。

总之，广义的诗就在我们心中，它不必诉诸文字，也不一定要吟咏在外，只要心中有诗的感觉，眼前的一切就都变得有诗意了。

最难演的一场戏

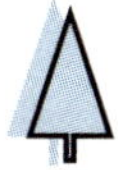

如果我们把人生形容成戏，那么这场戏就应当是指舞台剧，而非电影。因为我们面对的是活生生的观众，而非摄影机，我们是按部就班地演下来，而不能剪接，我们演坏了就再也无法收回，因为那不能喊 NG。此外比舞台剧更难的是，我们没有剧本，所以不能预知下一刻的发展，更没有排练的机会，因为我们从生下来的那一刻，便步上了舞台。而当剧评家为这场戏写下评语，历史学家盖棺论定时，我们早已走下舞台而离开人世了。

人生，这是一场多么难演的戏呀！

邮票

邮票真是最可爱也最伟大的了，它们以微薄的身价投入社会，带领着信函、包裹漂洋过海。在完成传递消息与物品的任务之后，虽然因为身上盖了邮戳而无法再为人们服务，却能被爱好者取下，收入精美的集邮簿，与它的兄弟团聚，并和世界各国的邮票和谐相处，且经历的时间愈久，价值也愈高。

人不也当如此吗？

重订

画展里经常有人重订，也就是当自己喜爱的作品被别人订去之后，要求画家再照样画一张。

我认为重订是不太高明的。第一，绘画是艺术品，各有创作时的灵感与心境，硬要复制一张，多半不及原作，所以对不起重订的人。第二，买原画的人，必定希望世界上只有他那一幅，而今照样制作了许多张，当然对不起购原作的人。第三，艺术家胸中自有丘壑，千变万化，包含无尽的灵感与创意，非要强制自己画老套的东西，而不以这些时间抒发新灵感，难免伤品，是对不起自己。

有这三个“对不起”，我们为何要重订，又为何要接受重订呢？

不进则退

我们常说："学如逆水行舟，不进则退。"其实何必以逆水行舟来形容呢，即使是在不会动的陆地上，只要我们有一刻停止，也就是退后。这个退后不是因为陆地的移转，而是由于别人的前进。

所以美好的现实不足以流连，有限的学问也不足以自恃，只要这个世界有一刻在进步，我们的停顿便是落伍。

运用

有的人钱不多，却能以那点小资本赚更多的钱以致富；有的人学外文不久，却能以少数几句话，闯荡于其他的国家；有的人拥有的词汇不丰，却能以有限的文字写出不朽的诗篇。

金钱、语言、文字都是不会动的，成功与否，全在一个“用”字！

美丽新世界

在赫胥黎（Aldous Leonard Huxley）著的《美丽新世界》（*Brave New World*）这本书中，幻想未来在人类出生之前就先分为几种阶级，有的人天生是领导者，有的人天生是推行者，有的人天生是遵行者，各人终生互不侵犯，各守本分，则世界一定能非常美好。

这本幻想小说固然有它偏执的一面，但也有一层值得深思的道理。如果在平等的基础上，我们每个人都能认清自己的能力，不要想不可及的事物，在能达到的范围内向上追求。则聪明才力大者服千万人之务而兼善天下；聪明才力小者服一人之务以独善其身，必能使国家社会达到安和乐利的理想境地。

养书千日，用在一时

我有一位朋友，什么都省就是买书很大方，只要看上眼便毫不犹豫地付钱，所以他的存书相当多，如同一个小图书馆。

当我问他如何读那么多书的时候，他回答：“我把书买回去，先大概地翻一遍。有些书如果没时间看，把大纲记下来也就可以了。因为书随时可能用到，突然碰到难题，别人无法解决，我却可以立刻查到，那许多书就像另一个脑海，使我左右逢源。”

我们常说“养兵千日，用在一时”，对于书何尝不是“养书千日，用在一时”呢？

趣在法外

画家寻找素材的时候，经常带着练习本到处写生，但是回来作成草图却已不是初时写生的东西。至于画成的作品，常又与草图相差甚远。这是因为绘画不是自然物的再现，所以画家可以依自己的想法去组合所见到的一切；但创作时又随时有迸发的灵感与巧思，所以绘画过程中，更有新的创意。

郑板桥有一段关于竹的精辟画论：“江馆清秋，晨起看竹，烟光、日影、露气，皆浮动于疏枝密叶之间。胸中勃勃遂有画意。其实胸中之竹，并不是眼中之竹也。因而磨墨展纸，落笔倏作变相，手中之竹又不是胸中之竹也。总之，意在笔先者，定则也；趣在法外者，化机也。独画云乎哉？”也就是这个道理。

《惊愕交响曲》

有位朋友拿了一卷朗诵诗的录音带给我欣赏，初听时慷慨激昂，感情充溢，但是继续发展下去依然如此，便觉得再而衰，三而竭，索然乏味了。

一首诗的朗诵应当有柔婉轻缓的抒情，才能显出铿锵高亢的激昂。也就如同一幅画的构图，总要有中前景的对比，才能显出后面的平远；有深壑，才能显得山高。这也就是海顿的《惊愕交响曲》在伦敦音乐厅演出时，有轻快舒畅的衬托，而能令人惊愕的原因。

所以无论诗、画、音乐，总不能少了那系人心弦、引人共鸣的律动变化。

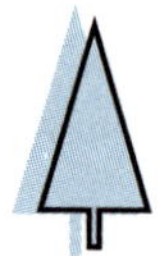

自学

有一位由“函授”改“面授”习画的学生对我说，面授之后的作品反比以前差了。我惊讶地问：“为什么呢？面授能看到老师当场挥毫与解说，应当比只诉诸文字说明的函授直接得多啊！”

学生回答：“也就因为这样，过去函授时需要苦苦思考的，现在都一看就会，反倒用心不够，懒于思考了。”

刻苦自学的人常比受学校正规教育者，有更深的领悟，大概也就是这个缘故吧！

疾风知劲草

童年时代我曾经在长辈的指引下看过一种竹子，长得很高大，主干却柔嫩得可以切片炒着吃。从那以后，每次经过竹林，我总要进去找找看，但是因为这种竹子跟其他劲拔坚挺的修竹外表毫无分别，所以我总是怅然而返。

最近在教学生画竹的时候，我又提到这件事，有一位学生马上讲："找这种竹子太容易了，我以前住在乡下的时候，就常吃这种竹子。"我问他难道外表有所不同吗，学生回答："没有，平常看来与其他竹子毫无分别，但是只要在狂风过后，到竹林去看，很容易就能发现它，因为别的竹子依然完好，这种竹子却经不起狂风而折断了！"

人不也是如此吗？有些人表面看来十分坚强，在平常绝无法窥透他的内心，但是只要经过大风浪的考验，很自然就显现了他怯懦的本质。古人说“疾风知劲草，板荡识诚臣”“患难见真情”，大概也就是这个道理吧。

争取宁静

我有一位朋友，以行动快速闻名，平常办公、走路总是分秒必争，仿佛有人在后面追的样子。我就问他："你什么事都这样赶，岂不是毫无生活的情调了吗？"

他却笑嘻嘻地回答："你见到的只是我忙碌的时刻，却不知道我还有惬意的一面。当我在家听音乐、喝茶的时候，可以说与世无争，宁静极了，而那段时间的获得，却正是我平常以快速的行动争取来的。岂像许多人做事慢吞吞，连自己当有的休憩时间也浪费了。"

动如脱兔，静若处子，以速度争取时间，真是现代人在忙碌与喧嚣中享受宁静的一种好方法。

年龄与冲力

我们常听见孩子说，“我将来要做领导者”“我将来要做艺术家”“我将来要做运动员”。但是等他们年龄渐长就不再这么讲了，原因是，“我没有领导力”“我缺乏艺术细胞”“我没有体育天分”。

当然这种改变一方面是因为他们逐渐成熟，认清了自己的才能，一方面是但随着年龄的增长，人们考虑得愈来愈多，既缺乏冲力，也怯于学习了。

学习语文的环境

文艺斗士张道藩先生除了中文之外，也精通英法文。但是当他在一九一九年十一月前往法国的时候，连一句法语都不会讲，英文也相当差，这两种语文可以说是完全在当地学会的，张道藩先生曾经下了很大的苦功。

譬如为了避免经常跟中国同学在一块儿讲中国话，而减少学习英语的机会，他曾经特意找了一所没有中国人的学校就读。一九二三年为了学习法语，他更是特意搬到巴黎去住。

学习语言最重要的就是投身于那个语言的环境。如果能使教室的“读”“写”，扩展为课外的“听”“讲”，短暂的学习变为时刻的接触，十人咻之的打扰变为十人教之的环境，学习语言自然就成为很容易的事了。

算命

我向来反对算命，尤其不赞成一种人去算命，这种人遇到算命先生说吉，就欢天喜地认为先生通神。如果碰到不祥之说，则立时面罩寒霜，愤然离去，逢人便骂先生不准，其实心中却万分紧张，寝食难安，唯恐如算命先生所言，大祸临身。结果原本没有灾难，因为心生暗鬼，反倒真的触了霉头。

所以我常说，如果算命先生算得准，一种可能是因为你确有此命，所以他如此算；另一种却可能是因为算命先生如此算，所以你有了此命。

照这样说，算命又有什么好处呢？

速度与耐力

同样是赛跑，短跑的健将常不能胜任马拉松，长跑的冠军参加百米短跑也可能殿后。这是因为短跑需要瞬间最快的速度与冲力，长跑则当具有持久的耐力与体能，所以参加赛跑的选手，必须认清自己的长处，选择适当的项目。

除了赛跑，我们做其他事也是如此。有些人手脚利落，行动快速，但缺乏耐力；有的人动作不快，但能按部就班，持久不辍。大约前者适于做短期奏效的工作，后者则可以交付长久的计划，若果相反，便很难有好的成绩。

爱土地

到了伦敦，才了解到电影中那些传统的英国绅士为什么头上都戴着呢帽，臂上挂着黑伞。因为伦敦是个既多雨又多雾，连呼吸都能感觉到潮湿的地方，外国人去真是难以适应。但是当我问当地一位老太太，长久住在这儿，是不是很不舒服的时候，她却爽朗地回答："不管这儿怎么样，它总是我的国家，所以我爱它。"

当我们爱自己的国家时，也当爱这块土地，且是一种执着、一种无条件的爱！

登山

最近有几个大学生因为登山迷途而丧生，当我访问一位登山专家，请他谈谈将来如何防止这种悲剧的时候，他呼吁：

“登山要能进能退，因为山不会动，而人是会动的。今天你登不上去，明天还有机会，如果硬要逞强，丧了命，岂不永远失去机会了吗？”

认清形势，权衡轻重，不逞一时意气，做更长远的打算，对任何事不都应当如此吗？

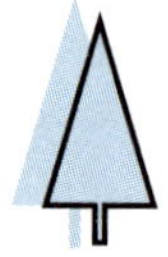

布白

书法是中国传统的艺术，学习书法不仅要注意八法，也当观察笔画间的布白；不但要使个别字的结构用笔优美，更要考虑到整幅字的粗细变化与安排位置。

如果书法笔画是我们有形的生活，布白就是无形的精神；如果单独的字代表个人，整幅字就是团体。我们唯有使物质与精神相充实，个人与团体相协调，才能成完满的人生。

围棋

我有一位朋友最近突然对围棋很感兴趣，我问他有什么心得，他说：“有一种人在处于劣势的时候，总是巴望对方疏忽，看不出自己的弱点，而这种人多半会失败。另一种人，则面对颓势，仍能沉着镇定，毫不气馁，奋斗到底，常能扭转局势，反败为胜。”

由此可知，消极地盼望，远不如积极地创造。

撞球

如果灵感是撞球[1]台上的球，我们就是撞球者。有的人每次只能捕捉到一个，而无法运用它触及其余的球；有的人却能举一反三、触类旁通，引发更多的东西。

当你发现有一只灵感的球滚到面前时，请不要就此满足，而当把握机会，利用它撞下满台的球。

[1] 撞球是台湾的说法，即台球，或者桌球。

人在苦中不知苦

我们常说“人在福中不知福”，其实也可以讲“人在苦中不知苦”。夏天在冷气中待得久的人，不知道自己多么享福，因为他已经忘了外面的酷热。落后民族生活的一切都很原始，但是并不觉得苦，因为他们不知道外界生活的情况。极地的人常年处在零下的气温中，却十分自在，因为他们已经能够适应。

所以“人在福中不知福”“人在苦中不知苦”，都是因为没有比较。既然能够适应，也就不觉得享福，不感到受苦了！

画品

有一位以画牡丹闻名的画家对我说："画牡丹有一定的道理，要画五种颜色，表示五世其昌。要多画蓓蕾，象征多子多孙，这样才好卖！"我当时幽默他一句："为了配合两个恰恰好的家庭计划，是否只画两个蓓蕾就够了？"

此外我也听过画鱼的专家讲，鱼最好一次画九条，因为这叫作"九如"，是人们所喜欢的。

艺术的创作应当潇洒自如、心无挂碍，唯有摒除一切干扰，写胸中的逸气，画自己所欲画，才能成不朽的作品。如果像前两者，未画之前先考虑市场、售价，即使能投观众所好，只怕画品却一文不值了。

昨日、今日、明日

不论一生有多么长，我们所拥有的今天总会比昨天和明天来得多些。因为当我们出生时，没有昨天，昨天还没有来到这个世界。而我们死亡时，将没有明天，明天已经离开了人间。

所以昨日和明日都是难以把握的，我们不能沉湎于已经成为历史的昨天，而当检讨昨日的得失，作为今日改进的参考；更不能依赖不一定属于我们的明天，而当拟定明日的计划，作为今天努力的方向。

小时了了，大未必佳

《世说新语》中，陈韪曾说：“小时了了，大未必佳。”这句话实在是对极了！我们常见一些所谓的天才儿童，不过几岁就被捧为天才，或开画展、音乐会，以示其艺术才能；或当众表演、计算，以示其数学天分；在国外甚至能不读中学就入大专。但是这些天才当中，获得超凡成就的又有几人？倒是小时候被认为蠢材的爱迪生成了发明大王。

有超人的聪明者，不见得有超人的抱负，他们常仗恃自己的智力，放弃平实的奋斗；有太多的爱好，无专一的努力；凡事都认为容易，而不去深入思考；念书过目成诵，却毫无自己的见解。加上大人们的虚荣心作祟，在旁一味鼓吹，于是造成急功近利的毛病。

发掘这种天才，吹捧这种天才，实在是害了他们哪！

舞台恐惧

新闻采访时，我经常发现有些人在接受访问前十分紧张，甚至直冒冷汗，但是访问开始之后，却愈讲愈顺，反不知停止了。美国的演说名家戴尔・卡耐基也曾说："在两分钟之前，我宁可挨鞭打也不愿演讲。但两分钟后，我宁愿被枪毙也不愿下台。"许多演员更在演出之前患有严重的"舞台恐惧"(stage fright)，但是一上台就又泰然自若了。

我们常在未经历一件事之前，因为不了解实际的情况，或求好心切，以致患有紧张的毛病。而在实际接触之后，又如脱缰的野马，难以收束。

成败未卜时放松心情，志得意满时节制平和，做任何事不都当如此吗?

尾声

一九七五年七月三十一号下午四点钟，某航空公司班机，在由花莲飞抵台北机场降落时，因为发生差误，落地后又偏离跑道，而毁成三截，造成二十七人死亡、大部分人重伤的惨剧。事后据生还者讲述，当时因为飞机已经降落地面，许多人认为平安抵达而立即解开了安全带，所以造成这样严重的伤亡。

我们做事往往在接近尾声时，认为已经成功而放松了精神，岂知这一刻却常是生死成败的关键哪！

情绪与身体

情绪与身体是相互影响的，高昂的情绪，足以激发身体的潜能；低落的情绪，足以萎靡强健的身体；身体状况的良好，常能使人有更愉悦的心情；内部的隐疾，又总表现在反常的情绪之中；愤懑的情绪，常在一番运动之后，得以宣泄；疲劳的身体，常在一片愉情之中，得以恢复。

由此可知，要想身体好，先要有愉悦的心情；要求平和的情绪，必先保持健康的身体。因而每当我们心情莫名地焦躁、体能显明地衰退时，在责怪环境或营养之前，得先检讨一下自己的身体与情绪。

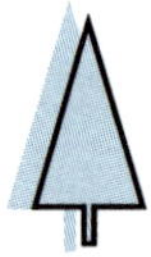

天才

在我的学生当中有许多人被称为“天才”，不过大半因为缺乏持续力，以致半途而废。朋友们看到了，总是说可惜这个天才没有继续努力，否则一定能成功。但是我却认为应该讲，就因为他缺乏持续力，所以不是天才，因为超人的毅力是成为天才的必要条件。这也就是美国名舞蹈家马莎·格雷厄姆 (Martha Graham) 八十一岁那年听到别人说她是天才时，所说“每一个人都是天才，只是某些人仅有五分钟热度，我的热度却维持到八十一岁”的道理了。

价值与美感

我有位朋友前些时候买了一幅古人名画，朝夕玩味，沉湎于幽美的画境之中，认为那是天下无双的神品。但是最近经鉴赏家认定为赝品之后，竟突然间觉得那幅画一无是处，草率地卷起而束之高阁了。

人们真是奇怪，他们不以自心感受为依据，而常以表面价值来审定美。对画如此，对人也一样。

独自承担

据说印第安人爬山，如果不幸失足，即使是坠入深谷，也不发出惊叫，为的是避免他人受惊而产生危险。

对于无可挽回的厄运，独自承担，这是一种成熟，也是壮烈的表现！

现在

对于时间来讲，我们每个人所拥有的只是“现在”而已。因为过去的时间无法追回，未来的时间，无法逆度。我们的行为，只是以现在的动作加上下一刻的动作而继续；我们的语言，只是以现在所讲的字，加上下一刻所讲的字相连贯。

对于遭受意外的人而言，他很可能现在还有生命，下一刻却已死亡。所以现在的一刻虽然短暂，却是多么重要啊！

去成功

伊斯兰教有一句话："去成功。"每当我看到这三个字，就有很大的感触。我们不能成功，常是因为自己不去争取，以为成功是可遇而不可求的。即使努力的人，也总认为成功未可预卜。岂知命运是由我们创造，只要积极地奋斗，就能成功。西洋有句名言："伟人之所以伟大，是因为他认定自己必须伟大起来。"我们也可以讲："成功者之所以成功，是因为他'去'成功了。"这两句话听起来不很合逻辑，实质上却表达了积极进取的精神。

文过饰非

当我在教国画的时候，经常发现有些学生极力掩饰自己作品上的缺点，有时画得差，干脆就不拿出来了。遇到这种情况我便对他们说："初学画总免不了缺点，否则你们也就不必学了！这就好比去找医生看病，是因为身体有不适的地方，看医生时每个病人总是尽量把自己的症状说出来，以便医生诊断。学画交作业给老师，则是希望老师发现错误，加以指正，你们又何必掩饰自己的缺点呢？"

不择细流的才能成江海，不耻下问的才能致渊博，不文过饰非而接纳雅言，才能达到尽善的境界。

安全感

对于一个跳高的选手来讲，他可以轻易地跃过两米的杆，却百分之九十不敢跳等高的墙。

对于一个跳远的选手来讲，他可以轻易地跳过七米的沙坑，却多半不敢越等距离的河。

人的能力，在缺乏安全感和信心的情况下，是很难发挥的。

遗忘时间

我有一对朋友，先生做生意，整年在外忙碌，妻子是艺术家，终日沉湎于绘画，奇怪的是两个人都不容易老，看起来比他们实际岁数年轻得多。我有一次问到他们的养生之道，他们的答案非常巧妙：

“忙碌使人忘了时间，艺术使人感觉不到时间，既然时间已经不被记起，便像是静止般地不易催人老了！”

客观的检讨

经常写作的人都有经验，文章写完不要急着发表，而当收起来，隔一阵子再看。因为创作时太过主观，常难于自见，只有当心情冷静之后，才能看出其中的错误。

我们做其他的事不也是如此吗？刚完成的工作，除了立即检讨之外，更可以在经过一段时间之后，做通盘反省，以求更客观的发现。

青年才俊

我们常用“青年才俊”这个形容词，被称为青年才俊的人固然值得高兴，但也当告诫自己：“如果我现在是青年才俊，三十年后，就已经不是青年，但还能不能算得上是才俊呢？同样的成就，在青年时，别人可能对我大加称道，到了老年，若仍然如此，还会有人赞美我吗？”

王守仁小时候作了一首《蔽月山房》，他便被赞为天才，如果成年后不能更精进，也就算不得什么。所以幼时的天才，青年常不过碌碌；青年时的才俊，老年时也可能不过尔尔。人不可一刻惑于自己眼前的成就，应当不断开拓更高的境界。

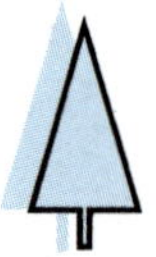

众人间的宁静

当我们进入图书馆的时候，看到里面坐满了人，却没有丝毫声息，常会被那种出奇的宁静所震住。此刻仿佛一支笔的滚动、一张椅子的挪移，都能造成最大的噪声，甚至连空气都有被凝固的感觉。但是当大家离去，只剩自己一人的时候，应当是更为无声的图书馆，却好像反不如原先的静谧了。

由此可知，宁静常不仅决定于声音，而包括自心的感觉。在群众之中所获得的宁静，有时甚于一人独处，因为那种宁静更具有庄严、神圣的力量。

观察

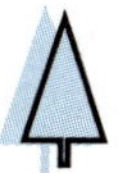

哑巴不会说话，常不是由于声带不好，而是因为没有听觉。

缺乏见解的人，常不是由于智商太低，而是因为没有观察。

临渴掘井

电话局查号台的小姐，应当是最忙碌的了，她们整天不停地为市民查号，难得有半刻的空闲。我曾经访问一位查号小姐，有什么办法能够使得工作轻松一点，她回答："只要打电话的人查号之后，不要急着立刻拨号，而以几秒钟时间，把查到的号码用笔记下来，避免日后再查同一号码，就能减少许多查号台的工作，而且也可以为打电话的人，节省许多时间。"

这不是大家常犯的毛病吗？我们总是急于解决眼前的问题，而不为日后的同一问题着想；常临渴掘井，却不未雨绸缪。

砺石与纸张

磨刀的时候，用的常是比刀更坚硬的石头；使刀用久而钝的因素，却常是一些柔软的东西。所以用砺石磨成的锋刃，很可能钝于长久切割的纸张，需要再以砺石磋磨，才能恢复锐利。

伟大的人格与抱负，需要艰苦的历练；令人消沉堕落的因素，却常是舒适环境中一些无足观的小事。只有以困苦来磨砺自己，才能不断获得新生的力量。

欣赏的角度

我有一年前往韩国庆州的石窟寺，当我站着观看那古老的佛像时，寺中的住持走近说：“你应当跪在佛像正前方的位置，才能得到它的精神。这不是叫你膜拜，而是因为佛像都是以求神者的位置设想而雕塑的。所以站着看时，令你感觉下垂的眼睑，跪着看就成了俯视的慈悲。”当我照着做了之后，果然如他所说。

由此可知，艺术品的欣赏常要在某个特定的角度或距离，才能获得十足的神韵。

得失安足论

我某日去拜访一位艺术界的朋友，当时他正跪在地上作一张相当大的画。因为纸的面积很广，他不得不在上面爬来爬去，十分辛苦。我问："你这样辛勤地作画，是不是一定能成功呢？"他笑着回答："如果我成功，没有什么话好讲，因为别人在玩乐的时候，我却在艰苦地奋斗。如果我失败了，也没什么好说，因为我已经尽了自己的努力。"

这真是两句发人深省的话，人生在世，仰不愧于天，俯无怍于人，中不疚于自己，得失便无足论也。

协助与警告

做父母的人应当有一种认识，当刚学步的孩子在前面跑，而有摔倒的危险时，大人最好由后面轻轻跑上去，把孩子抓住，而不要在后面大声呵斥。因为孩子往往受此一惊，不但不能稳住，反而摔倒了。

同样的道理，当别人有可能产生错误，而正形不稳时，积极协助常比警告与责骂更有用处。

卸妆

演戏的人，上台之前常需浓妆艳抹，涂上许多油彩。而演完的第一件事，就是卸妆，恢复本来的面目，避免油彩伤害皮肤。

如果社会是我们人生的舞台，每天回家的第一件事也就是卸下我们虚伪的装扮。这样既能回复真实的面貌，更可以避免世俗的混沌伤了我们的心。

依赖性

有一位朋友到补习班补英文，据说接受的是电化教育，而且很有效果。但是当我问他是怎么个特殊教法时，他却说就是看电视剧、电影。我说那何不在家看电视呢，他说："电视台播的外国影片总打中文字幕，既有字幕就懒得注意听了，所以不易进步；而在补习班里播的闭路电视，没有字幕翻译，所以逼得自己用心，进步当然快速。"

人都有依赖性，而这正是学习中最大的障碍啊！

真真假假

看到太大的苹果，就以为是蜡做的；见到太美的风景，则说它像是一幅画；听到太好的消息，又疑惑自己是在梦中。

人类就是这么妙，碰到太好的事物，就怀疑它是虚幻的。总以“真得发假”来赞美真的，又以“假得逼真”来歌颂假的，大概这就是“真真假假”的道理吧！

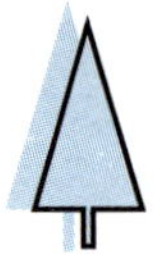

认定方向

我有一次坐在车上看到旁边一辆空出租车违规肇祸，就抱怨地说：“空车没有载客应该从从容容地开才对，为什么还这样漫无章法呢？”正在驾驶的司机却侧过脸回答：“就因为是空车，所以容易出事！空车的驾驶员因为急于找客人，总是东张西望，注意力不集中；有时正要左转，心想右边客人或许多些，又临时改为右转，所以速度虽不见得快，却最易出事。倒是载了客人的车子，司机心里有一定的方向，纵使开快些，也不容易肇事。”

多么有道理啊！我们人生不也是如此吗？认定方向的人，速度快而平稳；没有志向而彷徨犹豫的人，不但速度慢，且容易出错。

计划自己

有一位长跑名将在参加国际比赛获得金牌之后，我问他获胜的秘诀是什么。他回答："刚起跑的时候，不要一味想超越别人，即使观众不断为你加油，即使你落在最后几位，只要认清自己的体力，存着无比的信心，就照自己计划的速度跑。直到后几圈，再全力冲刺，必能获胜。至于那些一起步就求快的人，虽然在前几圈出尽风头，但因为开始时消耗太多体力，后来力不从心，反倒可能落到最后一位。"

认识自己、把握自己、计划自己，不受任何外来事物的影响。运动场上如此，人生的战场不也一样吗？

天才与流星

常听人说天才多半体弱而短命，其实这是不正确的说法。据专家研究，天才往往有比一般人更好的体质，只是常因为用功过度，而伤害了自己的身体。

传说在唐代有“诗鬼”之称的李贺[1]，每天一大早就外出发掘灵感，偶有心得则写在纸条上投入锦囊，回家之后再彻夜整理，除非大醉或家里有丧吊的事绝不间断。他的母亲见他这样用功，曾担忧说：“这孩子恐怕要呕出心血来，才肯停止。”果然李贺在二十七岁就死了。

天才常像是流星，以最快的速度和璀璨的光亮，留给世人最

[1] 李贺（790—816），字长吉，唐昌谷人，著有《李长吉歌诗》等。

深的印象。或许正因为他们有着更炽烈的情感、锲而不舍的态度，和不到力竭绝不终止的持续力，所以能创作惊天地、泣鬼神的作品，而成为天才。但也总是留给世人如果他们略加保养身体，不那么早逝，恐怕会有更多好作品出现而影响更深远的惋叹。

抢戏

在演戏的时候最怕一种会抢戏的演员，因为他们的演出过火，即使在不需要他讲话的时候，也要挤眉弄眼，吸引观众注意。结果自己出了风头，整出戏的力量却减弱了。

处世也是如此，该我们讲话的时候尽可发表，非以我们为主的场合，就当保持缄默。如果个人主义太浓，处处要求表现，反倒会使整个团体受到影响。

冲力与经验

开车的人多半知道，刚出厂的车虽然所有的零件都新，马力也大，却不适宜爬山。因为机器运转未久，齿轮之间不够圆滑，过度用力容易受损，必须在平地跑过相当一段时日之后，才能胜任爬山的重负。

为人处世不也是如此吗？初出茅庐的小伙子，固然冲力大、干劲儿足，但是经验不够，应变能力差，不适宜突加重任，必须等他在普通工作中熟悉一段时间之后，才能适应非常的情况。

拒谏与饰非

商纣王是历史上有名的暴君，据史书记载，他“智足以拒谏，言足以饰非”，可见是多么聪明而娴于辞令了。也就因此，他不听信忠言，一味胡行，终于被周武王所灭。

在我们的社会中，也经常有这种人。当朋友劝告他的时候，总会想出一大番说辞反驳；有了错误，则想尽办法掩饰。结果只有愈陷愈深，无法挽救。

所以“智足拒谏”，是才智，非明智；“言足饰非”，是善辩，非明辨。

美容

我们经常可以发现，有些影歌星隔一阵儿就会变个长相，如果看到他们以前的照片，简直不敢相信是同一个人。这是因为他们喜欢美容，美了鼻子，就觉得眼睛不好；美了眼睛，又觉得脸形不对。结果外貌“或许”是愈来愈美，却已经失去了天生的自然。

我们一般人不也常是如此吗？有了金钱就想名誉，有了名誉又希望地位。结果人或许是愈来愈发达，却已经失去以往惬意的生活。

灯光

研究戏剧的人常说："演员是舞台的生命，灯光是舞台的灵魂。"灯光可以强调主体、塑造性格、分隔时空，更可以烘托戏剧的气氛。灯光是一曲无声的音乐、一幅无形的绘画，它如同魔术的笔，神奇地渲染了舞台的世界。如果你是一个灯光的控制者，那支魔术的笔便握在你的手中，每当按下一个电钮，便赋予剧场一些新的生命。

强烈的"聚光灯"[1]凸显了演员的地位；绿色的"泛光灯"[2]，移来了最美的春天；底幕一抹红色，带来了嫣然的晚霞；半片深

[1] 一种装有凸透镜或反射器，以集中光线，照射舞台上特定区位的灯，照射范围较小、光线较强。

[2] 灯罩开口大，不装透镜，照射范围较广，用作一般照明。

蓝的“槽灯”[1]，垂下了幽深的夜幕。随着你的手，由一曲梵唱到一首交响乐，那么自然地流入舞台，引领观众的情绪进入更深的境界。虽然你只是隐在剧场角落，一个不受注目的人，而那种快乐与满足该是多么强烈呀！

人生若是一场戏，生活的环境是舞台，我们是其中的演员，人与人间的爱情、亲情、友情则是灯光。为了使这场戏演得更精彩，为了更美化我们的生活，岂能不注意情感的灯光呢？

[1] 又称“条形灯”，是将泛光灯排列在长条灯槽中，以作为台脚、台边和底幕照明之用。

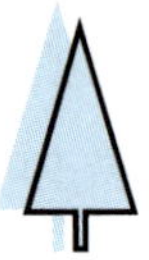

酿酒

我曾经在海外参观一家著名的酒厂，在引导大家参观的过程中，厂主得意地指着其中一桶酒说：“这桶酒已有三十年的历史，滋味醇美极了，当然价值也相当高，可惜只有一桶。”当时同行有人问：“三十年并不算长，起初为什么不多酿几桶呢？”厂主笑着说：“当年我们酿的何止几桶，而有几百桶之多。可是因为大家等不及地想喝，只好一桶桶开，所以真正能保存到现在，而达到最醇美境界的仅此一桶。如你所讲，三十年诚然不长，但人的耐性却更短哪！”

为学就好比酿酒，起步时大家程度相当，但是因为满足或急于表现，许多人都半途停止了。真能长远计划，持之以恒，达到最高境界的，只有少数人而已。

大胆与工谨

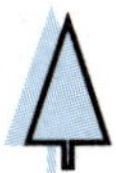

提到齐白石，就令人想起他红花墨叶的“简笔画”。其实，白石老人在早年是由工笔入手的，有时细到连人物纱衣里透出的锦缎花纹都能表现出来，更由于他擅长画工笔仕女，而有“齐美人”的雅号。

任何一个成功的艺术家，早期都是由工细写实入手。不论西洋的素描或中国的临摹，总要先充实自己观察表达的能力，取前人的章法，然后才能由繁入简，由纤细秀美而豪放朴拙。如果想一入手就用笔脱略，故作潇洒，是不可能有好成绩的。这也就是毕加索与张大千晚近作品虽构图简单、用墨大胆，而早期却细腻工谨的道理了。

爱的世界

在人类的情感当中，“爱”是最伟大的。它缩短了人与人间的距离，维系了一个祥和的社会。透过爱的双眼，丑陋的事物也变得优美。

爱的种类很多，有父子爱、母子爱、夫妻爱、兄弟爱、朋友爱、宗教爱。小到爱自己、爱家人，大到爱国家、爱人类，整个世界都充满着爱。

爱是最复杂的情感，但是也可能最单纯；爱是恒久忍耐，但也可能容不了一粒尘沙。爱起于自私而终于牺牲，起于爱自己而终于爱他人。爱可以扩而大之，所以能“移孝作忠”；爱可以转化，所以恋情能升华为友谊；爱可以随着程度的不同而变得更深沉，所以夫妻间有“恋爱”“恩爱”与“怜爱”，耶稣基督更教我们爱自己的敌人。爱大约开始总是冲动炽烈的，愈久变得愈含蓄，所以有人形容爱像酒，经历的时间愈长愈醇美。当然酒也可能变成醋，那是最糟糕不过的，因为“爱”的近邻就是“恨”。

爱是爱你所爱的人，也是爱你爱人所爱的，只有让小小的爱如此连串地延伸下去，我们才能拥有一个大的“爱的世界”。

第三次改版后记

狮子座·流星雨

在美国教书的时候，常在校园里遇见中国来的留学生，老远对我行个礼，说：“刘老师好，我从小就看您的书。”

我想，他们所说的书，必定是《萤窗小语》。今天在台湾，三四十岁的人，大概在中学时多半看过这本我最早期的作品。更令我惊讶的是，三年前，当我去昆明演讲的时候，台下黑压压一片，挤了四千多人，人群中居然举着五个大大的牌子，上面写着“萤窗寄小语”，可知这本小小的书，在大陆也有了极多的读者。

说来惭愧，虽然《萤窗小语》是我的成名作，但是十几年来，